Judith Leopold

ZU HAUSE GEBOREN

Die unglaublichen Erlebnisse der Hebamme Margarete

Für meine Mutter Doris,
du hast mich geboren, durch dich bin ich da.

Für meine Tochter und
meinen Sohn.
Ihr habt mich neu geboren. Danke.

Und für B., der lange schon an mich geglaubt hat.

JUDITH

Ich widme dieses Buch den Frauen, ohne
die ich nicht wäre, wer ich bin, und ohne
die dieses Buch nicht wäre, was es ist.

Ihr seid nicht nur die Kraft, die mich antreibt,
sondern auch die Inspiration für diese Zeilen.
Ich möchte dieses Buch aber auch den Kindern
widmen, die in meine Hände geplumpst oder
geschwommen sind und ich bin sehr dankbar
für ihren Willen, geboren werden zu wollen.

MARGARETE

Die vorliegende Auswahl von Geschichten ist von zahlreichen wahren Erlebnissen, die sich im Laufe des Hebammenalltags von Margarete Wana (geb. Hoffer) abgespielt haben, inspiriert. Doch einiges entstammt der belletristischen Freiheit.

Was Dichtung und was Wahrheit ist, das weiß in den meisten Fällen nur das geborene Baby allein ...

Unser großer Dank gilt all den Frauen und Familien, deren berührende Geschichten dieses Buch möglich gemacht haben!

Danke an Anna Cordes, die wunderschöne Bilder und das Cover beigesteuert hat, Kathi Zenger für ihre wertvolle Mitarbeit, und Esther Palka für die professionelle Social-Media-Unterstützung.

Wenn wir uns etwas wünschen dürfen, dann, dass alle Frauen eine selbstbestimmte Geburt erleben. Ganz egal, wie genau diese aussehen soll.

Bibliografische Information der Deutschen Nationalbibliothek:
Die Deutsche Nationalbibliothek verzeichnet diese Publikation in der Deutschen Nationalbibliografie;
detaillierte bibliografische Daten sind im Internet über http://dnb.d-nb.de abrufbar.

1. Auflage	April 2018
© 2018	edition riedenburg
Verlagsanschrift	Anton-Hochmuth-Straße 8, 5020 Salzburg, Österreich
Internet	www.editionriedenburg.at
E-Mail	verlag@editionriedenburg.at
Lektorat	Dr. Heike Wolter, Obertraubling

Bildnachweis	Frontcover: Collage mit Margarete © Anna Cordes, Skyline Wahrzeichen Wiens © JiSign – Fotolia.com; Backcover und S. 2 © Thomas Reimer – Fotolia.com
	Fotos im Buchblock: S. 4, S. 29, S. 165 © Anna Cordes; S. 9, S. 13 oben, S. 23, S. 43 oben, S. 59, S. 73 unten, S. 93 unten, S. 103, S. 117, S. 139, S. 149, S. 161 © Pautzi Photographie; S. 13 unten, S. 43 unten, S. 83, S. 93 oben © Ina Manuguerra; S. 73 oben © Judith Leopold; S. 111 © Petra Lanzenhofer; S. 125 aus Privatbesitz

Satz und Layout	edition riedenburg
Herstellung	Books on Demand GmbH, Norderstedt

ISBN 978-3-903085-93-0

Inhalt

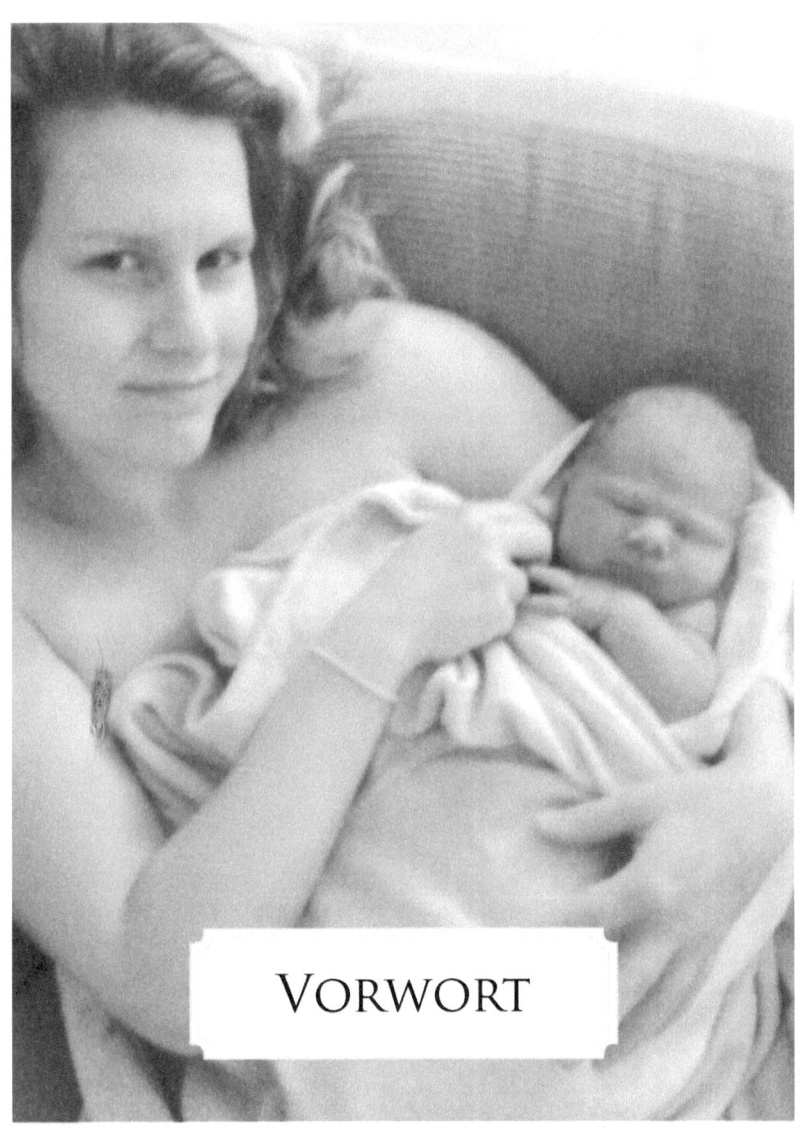

VORWORT

Judith: Die Hausgeburt meines Sohnes
am 19. Dezember 2013.

Riedau, am 28.2.1952

Liebe Rosi Tante!

Kann Dir endlich die freudige Mitteilung machen, dass Du am Faschingsdienstag um vier Uhr Nachmittag Großtante geworden bist. Unser kleiner Prinz war 4 Kilo schwer und 55 Zentimeter lang. Anni war bei der Entbindung zu Hause.

Wir waren bei der Entbindung mit der Hebamme alleine. Mutti und Kind sind gesund. Anni hat schon allerhand mitgemacht, bis endlich unser Bernhardi das Licht der Welt erblickte. Volle 18 Stunden hielten pausenlos die Schmerzen an. Noch dazu mußte kurz vor der Entbindung die Hebamme zu einer anderen Wöchnerin, die Frühgeburt hatte. In der Zwischenzeit holten wir den Arzt. Die Hebamme kam jedoch wieder rechtzeitig vor der Entbindung.

Die Entbindung war streng, weil Bernhard einen großen Kopf hat und breitschultrig ist. Gott sei Dank ging alles gut, bis auf einen kleinen Einriß, der jedoch nicht genäht werden braucht.

Unser Kleiner wird von der Mutterbrust genährt und gedeiht recht gut. Wir alle sind derartig glücklich über ihn. Wir hätten unseren Prinzen ja schon vor einem Monat erwartet, er ließ jedoch lange auf sich warten. Die Wöchnerinnenbetreuung habe ich selbst übernommen. (...)

Liebe Tante, wie geht es dir gesundheitlich, wir hoffen ja das Beste.

Herzliche Grüße und Küsse,
Anni, Josef und Bernhardi

Dieser Brief meines Opas über die Geburt meines Vaters (dem Ältesten von vier Brüdern) zeigt, dass es in den 1950er Jahren noch recht normal war, Kinder zu Hause zu bekommen. Er zeigt auch: Die Geburt an sich, dieses einmalige Erlebnis, ist und bleibt aufregend für die Eltern, egal, wo sie stattfindet: Ob im Krankenhaus, zu Hause, im Wasser, am OP-Tisch oder im Krankenwagen ...

Am 19. Dezember 2013 kam unser zweites Kind, ein Bub, im Wohnzimmer bei uns zu Hause auf die Welt. Er hatte mit seinen 4 ½ Kilo, 55 Zentimetern, dem großen Kopf und den breiten Schultern fast dieselben

Maße wie sein Großvater mehr als 60 Jahre zuvor. Auch diese Geburt dauerte viele Stunden lang, war zeitweise fordernd. Doch vor allem anderen war sie wunderschön und unaufgeregt.

Nach einer schwierigen ersten Geburt bin ich draufgekommen, wie wichtig Selbstbestimmung und echte Unterstützung ist, wenn man ein Baby bekommt.

Durch Zufall, Glück oder Schicksalsfügung lernte ich Margarete kennen. Die Hebamme, die mich begleitet hat, als ich anfänglich an mir gezweifelt habe. Die mich begleitet hat, als ich Fragen hatte. Die mich begleitet hat, als ich längst schon mittendrin war und nur ein bisschen Zuspruch fehlte. Durch Margarete durfte ich erfahren, was eine selbstbestimmte Geburt ist. Eine solche muss übrigens nicht zu Hause stattfinden, kann auch im Krankenhaus, Rettungswagen, im OP oder Flugzeug passieren.

Im Wochenbett und bei einigen Treffen danach hat Margarete mir manchmal kleine Anekdoten über ihren spannenden Hebammenalltag erzählt. Und ich dachte insgeheim bei mir: Diese lustigen, schrägen, manchmal auch traurigen und immer sehr berührenden Geschichten der Familien, die sie begleiten durfte, sind viel zu wertvoll, um nicht weitererzählt zu werden ...

MARIE

Maries Wohnung war zwar winzig, aber lichtdurchflutet und wunderschön dekoriert an jeder Ecke.

Margaretes Utensilien: Hörrohr, Dopton, Öl.

Als ich angefangen habe, als Hausgeburtshebamme zu arbeiten, bot ich zweimal die Woche eine Schwangerensprechstunde bei mir daheim an, um Interessierten einen entspannten Erstkontakt zu ermöglichen. In der Regel kündigten die Frauen ihre Besuche an, per Telefon oder zumindest in einer SMS. – So konnte ich eine grobe Termineinteilung machen.

An einem sonnigen Frühlingstag ging ich davon aus, nach den zwei anstehenden Gesprächen schon früh fertig zu sein. Doch als ich den Warteraum, mein winziges Vorzimmer mit drei Sesseln, betrat, um eine mit Zwillingen hochschwangere baldige Mama zur Ausgangstür zu begleiten, saß da plötzlich noch eine Frau.

Sie strahlte mich an, ihre Augen leuchteten. „Hallo, ich bin Marie. Eine liebe Kollegin, die hat mir empfohlen, einfach herzukommen, zu dir ... Ich hätte vielleicht vorher anrufen sollen ...“ Und weil sie meinen erstaunten Blick richtig deutete, fügte sie noch hinzu: „Ich bin nach der Dame, die gerade gegangen ist, hereingekommen, die Tür stand offen ...“ Sie streckte mir die Hand entgegen, die ruhte gerade noch auf ihrem Bauch und ich sah eine deutliche Wölbung. Also fragte ich: „Wievielte Woche?“ „16te und übermorgen schon in der 17ten!“

Ich bat die Frau weiterzukommen, in mein Zimmer, in dem ich die Schwangeren untersuchte und wir uns in einer Ecke gemütlich auf einer Couch unterhalten konnten. Marie strahlte wieder und immer mehr, als wir begannen, über ihr heranwachsendes Kind zu sprechen.

Sie erzählte mir, wie sie es nennen wollte, dass sie bereits an einer komplizierten Babydecke in gelb häkle, weil das die einzig freundliche neutrale Farbe für ihr Empfinden sei und sie, nachdem sie sich tolle Tipps in ihrem Wollgeschäft geholt hatte, viel seltener die Reihen wieder auftrennen müsse. Außerdem freue sie sich über jedes Kilo, das sie zunehme, weil das bedeute, wie gut das Baby gedeihe. Zwei sehr ausgeprägte Grübchen in den zartrosa Wangen unterstrichen ihren großen Stolz in diesem Moment. Marie und ich, wir waren uns wirklich auf Anhieb sehr sympathisch.

Nachdem ich von außen ihren Bauch abgetastet hatte, sagte sie: „Margarete, weißt du, ich finde das oft nicht leicht, von jemandem so berührt zu werden, den ich ja gar nicht wirklich kenne. Sogar bei meinem Gyn war das seltsam, und der kennt mich mittlerweile in- und auswendig. Aber bei dir ... Das jetzt war voll okay, du kommst mir vor wie eine gute Freundin. Ich freue mich sehr, dass du bei der Geburt meines Babys dabei sein wirst.“ Auch von meiner Seite sprach nichts dagegen, dass ich Marie bei der Geburt ihres Kindes zu Hause begleiten würde. Das ist besonders damals eine absolute Ausnahme gewesen, und generell kommt es nicht oft vor, dass eine Frau sich beim ersten Treffen schon sicher ist, dass ich die Hebamme ihrer Wahl sein soll und das auch ausspricht. Aber in dieser Situation war es ganz natürlich und wir füllten zusammen gleich den Anamnesebogen aus.

Dieses Formular enthält allgemeine Daten der Mutter, des Kindes und des Vaters. Als wir beim letzten Teil ankamen, las ich konzentriert weiter vor: „Name des Vaters, Geburtsdatum, Adresse" – Stille. Nach ein paar Sekunden sah ich vom Zettel hoch. Jetzt grinste Marie mich verlegen an, war ein bisschen rot im Gesicht und hob langsam die Schultern an. Mehrmals, dann verstand ich.

„Oh!"

„Ja ..."

„Du weißt also nicht, wer ..."

„Nein, nicht genau."

„Alles klar, also kommt mehr als einer ..."

„Nein, nein, das nicht ..."

„Aber ..."

„Ich kenne nur seinen Namen nicht."

„Ah, alles klar."

„Es war ein One-Night-Stand. Johannes oder Simon. Ein Apostel halt."

Wir lachten beide los. Ich versicherte ihr, es sei nicht wichtig, die Daten des Vaters auszufüllen, das könne warten. Wir einigten uns aber lächelnd darauf, dass ich mit Bleistift „Apostel" vermerkte. Ganz leer lassen wollte sie die Zeile neben dem Namen nicht. Ich war mir fast sicher, dass sie in den Mann ein wenig verliebt war, denn seit sie von ihm gesprochen hatte, konnte sie gar nicht mehr mit dem Grinsen aufhören.

Der nächste Termin bei mir in der Sprechstunde kam und Marie war strahlend wie beim ersten Mal. Sie sprühte vor Freude und Liebe, als sie über das Kind in ihrem Bauch sprach und wie sie es jetzt jeden Tag stark fühlen konnte – seine Bewegungen, Tritte, manchmal auch den Schluckauf. „Das war schon bei mir so, wenn ich zu viel Fruchtwasser getrunken habe, hat mir meine Mutter immer erzählt."

Marie war fast alleine in Wien, bis auf eine Großcousine hatte sie keine Familie in der Stadt. Ihre Mutter lebte in Graz und kam sie einmal alle zwei Monate besuchen. Marie war vor einigen Jahren zum Kunststudium hierhergekommen und danach geblieben.

„Ich hab' mich einfach in diese Stadt verliebt, in die Offenheit, die lieben grantigen Leute und auch in die dreckigen Ritzen!" Marie ließ mich an vielen Aspekten ihres Lebens teilhaben, sie sprach frisch drauflos, während ich ihren Bauch abtastete oder bevor ich mit dem Hörrohr die Herztöne des Ungeborenen suchte. Doch den Vater des Kindes, diesen One-Night-Stand, der ihr wohl mehr bedeutete, erwähnte sie mit keinem Wort. So war das auch bei unserem nächsten Termin, zur Akupunktur wegen Rückenschmerzen.

In der 34. Schwangerschaftswoche kam ich zum ersten Hausbesuch vorbei. Marie hatte mir am Telefon erklärt, dass sie in einer winzigen Einliegerwohnung unter dem Dach zur Untermiete wohnen würde. Mitten im ersten Bezirk, in einer der ältesten Gegenden Wiens. Ja, dieses Grätzel entführt in eine andere Zeit: Die kopfsteingepflasterten Wege, die massiven Holztore, die Straßenlaternen aus Gusseisen erschaffen eine eigene Atmosphäre.

Ich überlegte, wie viele Hebammen über die Jahrhunderte hier schon durch die Straßen geeilt waren, um neues Leben in Empfang zu nehmen. Dann stand ich vor diesem schlichten Haus, ging durch ebenso ein typisches massives dunkelgrünes Holztor und klingelte am Ende der Einfahrt. Eine ältere Dame in einem schwarz-weißen Strickkostüm und mit einer bis auf das letzte Haar ordentlich gelegten Frisur öffnete die Türe. Die Vermieterin samt dem kleinen, farblich perfekt zu ihrer Kleidung passenden Schoßhund, den sie fest an ihre Brust presste, beäugte mich und meine Hebammentasche mit einem Blick, der zwischen Interesse und Abscheu changierte. Ich stellte mich vor, und um die Situation aufzulockern, bot ich an, sie könne mich gerne alles fragen, was ihr in den Sinn käme, wenn sie etwas wissen wolle. Ihr Blick wurde etwas sanfter und sie deutete auf eine Tür am Ende des Ganges der Wohnung.

Vor Jahrhunderten musste das Haus gebaut worden sein. Hinter der Tür gab es einige Holzstufen, die zu einer weiteren, offenen Türe führten. Marie stand schon im Rahmen und bat mich herein. „Es ist wirklich winzig, hab' ich dir ja schon gesagt. Aber dieser Blick über die Dächer, der hat mir gleich gefallen. Da kann ich herrlich malen, die Wohnung erinnert mich an diese Künstlerquartiere am Montmartre, wo all diese wunderbaren Talente gehaust haben ... Paris, je t'aime!" Sie hatte recht, die Aussicht war einmalig, der kleine Raum, der zum Wohnen, Schlafen und als Atelier diente, sonnengeflutet, mit einem goldenen Lichteinfall, wie ich es noch nie gese-

hen hatte. „Was für ein wunderschöner Ort, um ein Kind zu bekommen,"
sagte ich zu ihr und Marie freute sich über meine Worte.

Ich war mitten beim Abtasten ihres Bauches, Marie lag gemütlich auf
ihrer grünen Samtchaiselongue, als sie sich plötzlich aufsetzte und mich
ernst ansah. „Ich weiß jetzt, wer er ist. Der Vater des Babys. Ich hab' es über
Freunde herausgefunden, Bekannte, die auch auf dieser Vernissage waren,
und einer hat sich erinnert, mit welcher Partie er gekommen ist und davon
dann eine, wer er ist. Wir haben uns getroffen, letzte Woche ..."

Marie erzählte weiter, meinte, dass er schon etwas älter sei, fast doppelt
so alt wie sie, und dass er sehr erstaunt, ja richtiggehend sprachlos gewesen
sei, als Marie ihm von der Schwangerschaft berichtete. Er dachte nämlich,
seit er ein junger Mann war, dass er zeugungsunfähig sei. „Er hat sich sogar
zwei Mal testen lassen ... für seine damalige Frau, jetzt Ex. Sie wollten so
gerne ein Baby und es hieß, dass er niemals eines machen kann. Wegen
einer Krankheit als Kind. Und dann ... bei einem Mal ... mit mir." Marie
strahlte, zwirbelte versonnen an ihren Locken.

„Du wirst ihn gleich kennenlernen, Margarete, er kommt her!" Keine
fünf Minuten später stand er vor uns – ein schlanker, großer Mann mit
grauen Haaren, die bis zu den Ohren reichten, und wachen Augen, die ihn
jung und liebevoll wirken ließen. „Das ist Bartholomäus!" Marie zwinkerte mir leicht mit einem Auge zu, als sie uns bekanntmachte. Bartl, wie er
sich mir vorstellte, ging sehr offen mit der Situation um und erklärte auch
mir den Grund für seine Überraschung. Ich denke, er hatte gehofft, dass
ich ihn beruhigen würde, vielleicht sagen, dass ich solche Geschichten der
unkomplizierten Befruchtung nach sehr schlechten Spermiogrammen, in
Folge leidenschaftlicher One-Night-Stands, öfter erleben würde. Doch das
war tatsächlich nicht häufig; spontan wusste ich nicht, was ich dazu sagen
könnte, und darum lenkte ich das Gespräch in eine andere Richtung.

Da Marie nur noch etwa sechs Wochen bis zur Geburt ihres Kindes
blieben, redeten wir locker über den Ablauf, wann sie mich anrufen solle,
was sie besorgen müsse und wen sie dabeihaben wolle. Prinzipiell habe ich
es gerne, wenn bei der Geburt eines Kindes zu Hause, neben mir als Hebamme, noch ein weiterer Mensch anwesend ist. Ob Mann, Mutter, Freundin, Doula, Hebammenstudentin oder sonst jemand, bleibt natürlich der
Frau überlassen. Doch eine weitere helfende Hand, sei es um Wasser zu
reichen, den Nacken zu massieren oder gut zuzusprechen – das hat sich
bewährt.

„Ich natürlich", sagte Bartl laut, entschlossen und mit einem kleinen sehr verschmitzten Lächeln.

Marie strahlte sofort über das ganze Gesicht und fing an, nervös mit den Spitzen ihrer Locken zu spielen. „Wirklich ...?" fragte sie zaghaft nach. „Du weißt ja gar nicht, was auf dich da zukommt ..." Er überlegte nicht lange: „Das weißt du schließlich auch nicht. Und alles, was wir wissen müssen, das wird uns Frau Wana, ähm, ich meine, Margarete, schon rechtzeitig sagen." Bartl war zwar klassisch-modern gekleidet und auch sein Alter sah man ihm gar nicht an, aber seine Manieren stammten eindeutig aus einer früheren Zeit, fast immer siezte er mich während des Gesprächs, bevor er wieder zum Du-Wort schwenkte. Den Tee ließ er Marie nicht zubereiten und sogar den Striezel butterte er uns. Diese Gesten der Fürsorge, unfassbar goldig.

Ich finde es schön und bereichernd, dass ich durch meinen Beruf wahrlich unterschiedliche Menschen kennenlerne, jeder verhält sich anders, hat seine Eigenheiten, und doch wünscht sich jeder Einzelne das eine: ein gesundes Kind und eine stimmige Geburt.

Beim nächsten Hausbesuch, dem letzten vor der Geburt, öffnete mir Bartl die Tür, als ich die Treppen hochkam. „Marie liegt gerade noch und ruht sich aus. In der Früh waren wir beim Schwangerschafts-Yoga und jetzt habe ich ihren Rücken massiert. Keine Angst, die ayurvedische Biokräuterölmischung enthält nichts, das für Schwangere schlecht ist, ich habe sie extra anrühren lassen in der ‚Apotheke zum Heiligen Konstantin'. Gestern war ich schon alles von der Liste für die Geburt einkaufen. Vielleicht gehen wir es noch einmal durch?"

Bartl deutete auf drei riesengroße Sackerln, randvoll mit Binden, Vorlagen, Unterlagen, Netzhöschen und Stoffwindeln. Ich lachte: „Ich glaub', das wird reichen!"

In meiner Phantasie konnte ich mir diesen schlanken, großen, seriösen Mann schon gut vorstellen, wie er ganz akribisch die Liste beim Geschäft für Heilmittelbedarf mit einem Angestellten durchging, nachfragte, sich Dinge erklären ließ und schließlich zwischen verschiedenen Binden die beste Wahl traf.

Marie hörte ob der Fürsorge und der Verliebtheit in Bartl gar nicht mehr auf zu grinsen. Ich nahm es als gutes Zeichen für die nahende Geburt. Eine glückliche Mama ist eine entspannte Mama – alte Hebammenweisheit.

Einen Tag vor dem errechneten Geburtstermin läutete am frühen Abend mein Handy: „Frau Wana, ähm, Frau Margarete, also ich meine, Margarete, nun, das Kind kommt jetzt!"

„Hallo Bartl, beruhige dich, hat Marie regelmäßige Wehen? Seit wann?"

„Ja, so alle sechs Minuten und sie röhrt, also atmet auch schon etwas tiefer."

Nachdem er mir das Handy zu Marie hielt und ich sie selber hören konnte, war mir klar, dass ich umgehend losfahren sollte. Gerade bei Erstgebärenden bin ich gerne frühzeitig vor Ort. Also schnappte ich meine Tasche und die Autoschlüssel und machte mich auf den Weg. Ich betrat die Wohnung, Bartl empfing mich freudig-aufgeregt.

Der Schein von vielen, vielen Kerzen ließ mich in eine andere Welt eintauchen. In der Mitte des Zimmers saß Marie, umgeben von Polstern und Decken am Boden und ruhte sich mit geschlossenen Augen aus, sie war hörbar ein wenig außer Atem. Die Fenster standen offen und der sanfte Sommerwind wehte durch den Raum. Es war zauberhaft. Der werdende Vater deutete auf einen kleinen Tisch. Darauf Eistee „Ingwer-Energie mit frischer Zitrone!" und von ihm handgerollte Stillkugeln (das ist ein kleiner energiereicher Snack aus Nüssen, Datteln und Gewürzen, der Kraft gibt und auch gut für die Milchproduktion ist). Ich näherte mich Marie, langsam, sie hatte mich noch nicht wahrgenommen. Ich berührte sie sanft an der Schulter und sie öffnete die Augen und lächelte nur. Die nächsten vielen Minuten lang sprach keiner von uns. Ich saß einfach bei ihr, wartete die Wehen ab und wie sie damit umging, tastete ihren Bauch ab und bot meine Arme zur Stütze und zum Festhalten an. Wie schon in der gesamten Schwangerschaft schien auch jetzt alles gut zu verlaufen. Das Baby war schon tief im Becken und nach einer vaginalen Untersuchung war klar, dass sich der Muttermund fast bis zur Hälfte geöffnet hatte.

Die kommenden Stunden waren für die zarte Marie Schwerstarbeit. Sie konnte keine Position finden, in der sie länger verharren wollte. Das machte auch das Ausruhen in den Wehenpausen sehr schwierig. Zwar schritt die Geburt stetig voran, aber es verlangte ihr viel Kraft ab.

Bartl saß immer daneben, nervös wackelte seine Fußspitze; er war allzeit bereit für einen Einsatz, bereit zu helfen, wobei er nur könne. Doch Marie ließ nur mich an sich heran. Ich massierte ihren Rücken, war ihr eine Stütze in der tiefen Hocke und wischte den Schweiß von der Stirn und dem Bauch.

Als sie nach einer Wehe auf einem Polster zusammensackte, hatte ich eine Idee. Ich stellte meinen Geburtshocker in ihrem Badezimmer auf. Das war eine pitzelige Meisterleistung, denn in diesem Bad war es kaum möglich, sich als Einzelperson umzudrehen. Also setzte ich mich auf einen Schemel in die Dusche, positionierte den Gebärhocker samt Marie vor mir, damit sie sich an mich anlehnen und meine Hände drücken konnte, und Bartl saß nun vor uns in der Tür und musste meine Augen ersetzen.

Trotz der Beengtheit – zu Maries rechter Seite war das Klo und links das Waschbecken – ging es nun flott voran. Das merkte ich an der Art, wie Marie die Wehen veratmete, und an Bartl, dessen Mund so wie Maries Muttermund immer weiter aufging. Bald konnte er das Köpfchen sehen und seine Augen füllten sich mit Tränen der Freude. Er rief unentwegt: „Haare, da sind Haare, unser Kind hat Haare!"

Da wir in diesem kleinen Badezimmer auf unseren Posten feststeckten und wir Marie nicht in eine andere Position bringen wollten, war klar, dass der baldige Vater das Kind auffangen musste. Ich bedeutete ihm diesen Umstand mit ein paar Blicken und Bartl verstand. Nach einer langen Wehe und als Marie kräftig ausatmete, glitt das Neugeborene aus ihr heraus direkt in seine Hände. Das rote Tuch, das er sorgsam vorbereitet hatte, war vergessen.

Bartl hielt das kleine Mädchen und kniete vor Marie, weinend und lachend, verbeugte sich vor ihr und legte es ihr unendlich langsam und zart auf den Oberkörper. Dann nahm er Marie in seine Arme und trug die beiden auf die Polsterstadt im Wohnraum. Ich untersuchte Marie, die wieder ganz still geworden war und ihre Tochter begrüßte. Alles war in bester Ordnung, sie musste nicht genäht werden und bald gebar sie auch die Plazenta. Als ich die drei im Morgengrauen verließ, da brannten noch ein paar Kerzen, der Raum war voller Liebe und Hitze, das kleine Mädchen schlief an Maries Busen und Marie in Bartls Armen; erschöpft und glücklich.

Am frühen Abend kehrte ich zum Wochenbettbesuch zurück. Die ältere Dame, die wieder das Kostüm im Muster ihres Hundes trug (oder hatte sie ihren Vierbeiner nach dem geliebten Chanel-Ensemble ausgesucht?), öffnete mir dieses Mal mit einem Lächeln die Türe. Sie zögerte, sagte dann doch etwas. „Wissen'S, das hätte ich mir auch für die Geburt meiner Kinder gewünscht. Aber damals, da waren ja Spitäler grad so modern, so nobel musste man gebären. Wissen'S, ich selbst bin auch zu Hause auf die Welt gekommen hier in dem Haus und alle meine drei Geschwister. Ich war heut' bei der Marie oben und das Buzzerl ist ja so entzückend. So friedlich haben die es. Wunderbar, gell ja." Stimmt, friedlich traf es sehr gut.

Marie und Bartl wirkten sehr entspannt im Umgang mit der Kleinen. Instinktiv hielten sie den Säugling richtig, das Stillen schien schon jetzt, mit der wertvollen Vormilch, zu klappen. Als Bartl kurz einkaufen ging, dankte mir Marie für meine Begleitung bei ihrer Geburt: „Danke, es war wundervoll. Und du hast Bartholomäus ein unglaubliches Geschenk gemacht, dass er seine Tochter auffangen durfte. Er behandelt mich schon den ganzen Tag wie eine Königin, nein Kaiserin, fast wie die Sisi, er lobt mich in den Himmel." Dann musste sie schlucken: „Er will mich die erste Zeit lang unterstützen, im Haushalt helfen und danach, ja, da will er dann nur noch die finanzielle Verantwortung für das Mäuschen übernehmen. Ich genieße ihn und das alles hier einfach so lange, wie es dauert. Oder?"

Marie schaute mich mit großen traurigen Augen an ...

Bartl blieb wie angekündigt an Maries Seite in der Zeit des Wochenbettes. Er kochte, putzte, las ihr und der Kleinen Geschichten vor, sang Kinderlieder.

Zwei Jahre später läutete mein Handy: „Frau Wana, äh, Margarete... Kannst du vorbeikommen? Marie erwartet unser zweites Kind!"

Bartl ist nie mehr gegangen.

DIANA

Dianas Villa war auch das Zuhause vieler ausgestopfter Tiere.

Oft weiß ich von den Frauen bei unserem ersten Treffen nicht viel. Schwangerschaftsmonat, Name und Adresse, das sind die Informationen, die ich durch unser Telefonat habe. Sie lassen nur ein vages Bild in meinem Kopf entstehen, das meist nicht der Realität entspricht. Nur weil ich eine Paula kenne, die lange dunkle Haare hat, sind andere Frauen mit demselben Namen nicht zwingend mit den gleichen Attributen ausgestattet.

Genauso ist das mit Adressen. Es ist sehr interessant für mich, zu einem Ort zu fahren, an dem ich bislang noch nicht war. Jedes Mal ist das etwas Besonderes für mich, ein Heim betreten zu dürfen, diesen intimen Rückzugsort einer Familie. Nie weiß ich, in was für einem Leben ich lande, wessen Träume sich mit der Geburt des erwarteten Kindes erfüllen.

An einem nassen Frühlingstag hatte ich mich schon zwei Mal verfahren, als ich schließlich vor einem Haus in Palastdimension stehen blieb. Vier Autos davor, eine weiße Freitreppe, ein Springbrunnen mit Marmorstatue in der Mitte. Ich dachte mir: „Wow, jetzt bin ich aber wirklich gespannt, wer da wohnt."

So klingelte ich und gleich machte mir ein Bub die Tür auf. Er hatte schwarze Haare, braune Augen und runde rote Backen. Noch bevor ich etwas sagen konnte, hatte er mich von oben bis unten gemustert, drehte sich um und schrie: „Mamaaaaa, die Gebärmutter ist daaaaa!"

Ich musste schallend lachen und seine Mutter, die gerade um die Ecke bog, ebenso. „Alexander hat da wohl etwas falsch verstanden. Ich habe ihm genau erklärt, dass eine Hebamme beim Kinderkriegen hilft, sie nicht gleich mitbringt ... Tja. Entschuldige: Hallo, ich bin Diana!" Zwei freundliche Augen, über denen dichte Brauen saßen, schauten mich direkt an, der Händedruck war fest. „Komm doch weiter, hier bitte!"

Diana schritt trotz ihres enormen Bauches elegant und zügig den Gang entlang. Ich kam aus dem Staunen nicht heraus.

„Ist dein Mann Jäger?", fragte ich sie. Sie grinste und wurde dann gleich ernst: „Mein Mann, um Gottes Willen, nein, der kann wirklich keiner Fliege was zuleide tun. Der kippt ja schon bei einer Schürfwunde um! Ich habe die erlegt!"

„Oh, entschuldige", antwortete ich, weil es mir unangenehm war, auf die typischen Geschlechterklischees reingefallen zu sein.

Diana zeigte mit der Hand auf das Zebra: „Die Exoten, nein, das mache ich nicht mehr. Das war so ein schönes Tier und ich hatte dann das Gefühl, in etwas einzugreifen, was mir nicht zusteht. Hier, in unserem Wald kenne ich die Bedingungen, unter denen die Tiere leben, wir essen auch ihr Fleisch und schießen sie nicht einfach nur ab. Aber dort war das nur ein Spektakel. Der Respekt vor dem Leben ist das Wichtigste. Die Streifen mahnen mich."

Schon schritt sie weiter. Am Ende des Ganges traten wir durch einen Bogen in ein riesengroßes Wohnzimmer, dessen Wände fast ganz gläsern waren und den Blick auf viel Grün freigaben. Denn draußen erstreckte sich ein riesiger Garten, viele dicht gewachsene Obstbäume waren zu sehen und hinten am Horizont grenzte der Wald. Üppige Natur dort, ein durchdachtes Konzept hier im Raum. Die karge Einrichtung im Wohnbereich war ausschließlich weiß. Eine Haushaltshilfe stellte Tee und Kaffee auf einen winterweißen, geschwungenen Stahltisch, noch bevor wir uns auf die schneeweiße Ledercouch gesetzt hatten.

Wir plauderten kurz. Diana erzählte, dass diese Kinder in ihrem Bauch, die Zwillinge, erwünschte Nachzügler und Sohn Alexander schon elf sei. Dann wollte sie einige Dinge von mir wissen, hörte interessiert zu, als ich ihre Fragen zu Hausgeburten beantwortete.

Dann meinte sie: „Es ist so, dass ich zur Geburt gerne in eine Privatklinik gehe, dort bekomme ich meine PDA bei fünf Zentimetern und kann die Kleinen auch mal ins Schwesternzimmer geben. Ich habe dieses Ereignis jetzt so genau einplanen müssen, weil ich für dieses Jahr nur drei Wochen Urlaub vorgesehen hatte. Gerade um den Termin der Geburt wird hier die neue Kollektion geshootet und da kann ich nicht fehlen. Wenn sich die zwei Rawutzeln zu lange Zeit lassen, dann werden sie eingeleitet!" Sie strich liebevoll über ihren Bauch und meinte dann noch: „Gut zuhören, Babys, ich meine das ernst! Aber, Margarete, wenn ich deine Geschichten höre, dann reizt es mich schon sehr, hier zu entbinden ..."

Diana wollte mich für die Nachbetreuung im Wochenbett engagieren. Wir machten aus, dass sie sich wieder melden solle, wenn die Zwillinge auf der Welt waren oder bevor sie sich für eine Einleitung im Krankenhaus entschied. Als Hebamme kenne ich schließlich viele Tricks, um Kinder auf die Welt zu locken, die weniger invasiv als das Klinikangebot sind.

Doch zum Glück geschah fast alles so, wie Diana es sich gewünscht hatte. Die Geburt ging von selbst und rechtzeitig einige Tage vor dem Shooting los, verlief ohne Komplikationen und sogar ziemlich schnell. Nur auf die PDA hatte Diana verzichten müssen, weil es die Babys zu eilig hatten. Nach drei Tagen verließ sie die Klinik und ich durfte sie zu Hause weiterbetreuen. Sie empfing mich herzlich in einem pelzigen, weißen Sessel thronend, der zwischen Vorraum und Wohnzimmer stand, und mit den Worten „Komm her, liebe Gebärmutter!". Am Kopf hatte sie ein Headset, immer wieder rief jemand sie an. Links und rechts hatte sie ihre Zwillingsbuben an die Brüste gekuschelt.

Sie bat mich gleich, ihr ein paar Tipps fürs Stillen zu geben, weil das nun, mit zwei Säuglingen, ungewohnt und ganz anders, als sie es in Erinnerung hatte, war. Ich zeigte ihr, wie sie sich hinsetzen sollte, um beide Buben, auf einem Stillkissen liegend, bequem in der doppelten Rückengriff-Position trinken zu lassen. Diana wirkte erleichtert und entspannt, als das sofort reibungslos klappte.

Während die Zwillinge zufrieden tranken, erzählte sie mir von der Geburt: „Da gehe ich deswegen in dieses Spital und dann kann ich die PDA nicht mehr bekommen. Hätte ich nicht schon geschrien, dann hätte ich in dieser Situation ganz sicher damit begonnen. Am besten wäre überhaupt gewesen, gleich hier zu Hause zu bleiben, ich hab' es dir ja schon davor gesagt. Dann hätte ich mir auch diese ewige Diskussion mit meinem Arzt während der Schwangerschaft erspart. Jedes Mal hat er wieder angefangen, dass es schon besser und angenehmer sei, Zwillinge per geplantem Kaiserschnitt zu holen. Allein für die Einteilung. Besser für wen oder was? Ich habe auch einen vollen Terminkalender, aber nicht, weil ich Tennis spielen gehe mit meinen Promi-Freunden. Kenn' ihn doch, den Herrn Doktor, der genießt sein Leben. Das ist ja auch gut, aber nicht, wenn er mich deswegen aufschlitzen will!"

Diana lachte laut, als sie meinen ob ihrer Wortwahl erschrockenen Gesichtsausdruck sah, und fügte hinzu: „Ich habe großen Respekt vor jeder Kaiserschnittmama, die muss sicher Unmenschliches erleiden! Glaub' mir, ich nehme meine Tiere vor dem Kochen auch selber aus."

Nachdem sie kurz telefoniert und Anweisungen gegeben hatte, erklärte mir Diana, wieso sie sich nicht einmal im Wochenbett Ruhe von der Arbeit gönnte. „Ich bin mittlerweile mit der Firma verwachsen und sie mit mir. So einfach oder so schwer ist das. Pausieren schaffe ich nicht."

Diana hatte vor einigen Jahren den Familienbetrieb, eine sehr bekannte Trachtengewandfirma, übernommen und erfolgreich modernisiert. Altehrwürdige Traditionsteile nach jahrhundertealten Schnitten mit Vintage-Mustern und ganz neuartig kreierte Stücke machten jede Kollektion unter ihrer Leitung aus. Eine wunderschöne Mischung, die ihr viel Anerkennung und Erfolg in der Modeszene eingebracht hatte. Und unmenschlich viel Arbeit dazu. Diana selbst war immer ausschließlich in ihrer Mode gekleidet. Ich machte ihr ein großes Kompliment für den feingearbeiteten, aber sehr stabil erscheinenden Still-BH, den ebenso das kleine Edelweiß-Emblem des Unternehmens zierte wie alles andere an ihr. „Ich habe mir gedacht, wieso nicht, auch Dirndl-Liebhaberinnen werden Mama! Der BH verkauft sich wirklich erstaunlich gut."

Michael, der eine Zwilling, war mittlerweile fertig mit dem Trinken, nuckelte noch genüsslich ein wenig nach. Ich untersuchte ihn auf einem Tisch, der bei der Wand stand, ein paar Schritte von Diana und Thomas, dem zweiten Säugling, der noch fröhlich schmatzte, entfernt. Mir fiel auf, dass Michael ein sehr zartgliedriges Kind mit langen Fingern und Zehen war, 2.400 Gramm trotz der Geburt in der vollendeten 38. Schwangerschaftswoche wog. Er war gut entwickelt, trank fleißig, es fehlte ihm nichts. Ich hob das Baby hoch und sah den rötlichen Flaum seiner Haare am Hinterkopf.

Ein Mann näherte sich mit klappernden Schuhen und wie ich so zwischen ihm und Michael hin und her schaute, musste das Rupert sein, der Ehemann und Vater der Kinder. Dieser Haarton und die sehr schlanke, fast zarte, nicht groß gewachsene Statur – das passte. Ich wollte ihm Michael reichen, als Diana lachte und sagte: „Das ist Laurent, mein Assistent, der sonst immer zur Stelle ist und die Kinder ganz hervorragend schaukelt, aber jetzt muss er noch schnell etwas erledigen. – Rupert, kommst du?!" Ein großer, schwarzhaariger Mann mit roten Backen schnappte sich den kleinen Michael. Neben ihm stand Alexander, das Ebenbild seines Vaters.

Ich schaute mir noch einmal die Zwillinge an und ja, sie hatten auch ein Ebenbild: Laurent. Ich ließ mir natürlich nichts anmerken, untersuchte Thomas und fand auch, wie bei seinem Bruder, dass er zwar zart war, aber sehr gut entwickelt. Ich plauderte mit Diana noch über dieses und jenes, was sie beschäftigte, gab ihr Tipps, wie sie ihren Damm, der unter der Geburt geschnitten worden war (einmal mehr regte sie sich fürchterlich über die Krankenhausmethoden auf) beim Heilen unterstützen konnte. Ich sage nur, Sitzbäder mit Lavendel- oder Teebaumöl!

Währenddessen gingen immer wieder Models an uns vorbei. Es war alle fünf Minuten dasselbe Prozedere: Sie grüßten Diana herzlich und als sie die Zwillinge sahen, mussten sie sofort ein paar Quietschgeräusche der Freude von sich geben. Wie schön, in eine Welt hineingeboren zu werden, wo sich viele über Kinder freuen.

Diana hatte wohl auch schon festgestellt, dass ihre beiden Söhne sehr zart waren, und wollte genau wissen, ob es ihnen gut gehe. Ich konnte sie beruhigen. Dann meinte sie: „Ihr Vater ist ja auch so klein ... gewesen bei der Geburt." Sie lächelte mit einem verschmitzten Strahlen, das mir nichts verriet. An diesem Abend versprach Diana mir hoch und heilig, nur maximal eine weitere Stunde und lediglich im Sitzen zu arbeiten. Die Models knieten vor ihr, damit sie Krägen und Frisuren richten konnte. Zu ihrer Linken stand Rupert mit einem Zwilling und zu ihrer Rechten Laurent mit dem anderen. Wie zwei Statuen, allzeit bereit, die Kinder für eine Fütterung der Mutter zu reichen. Es war ein Bild für Göttinnen.

Diana hatte mich mit ihrer selbstverständlichen Stärke sehr beeindruckt; wie sie ihre Kinder behandelte, das Unternehmen leitete und dabei glücklich und entspannt wirkte. Sie lebte ein Matriarchat im besten Sinne, sie war das Muttertier, das alles zusammenhielt. Ein bisschen schade war es schon, dass sie nur Buben bekommen hatte – was für starke Mädchen bei einer Mama wie ihr heranwachsen würden! Besonders, weil sie ein Mädchen schon immer Margarete nennen wollte, wie sie mir bei einem der folgenden Wochenbettbesuche erzählte, im Andenken an ihre wilde Uroma. Diese hatte, trotz der Versorgung einer siebenköpfigen Familie, den Grundstein für das Familienunternehmen gelegt, als sie begann, jede zweite Nacht im Kerzenschein Dirndln und Blusen zu nähen, die ihr dann von den feinen Damen in der Umgebung regelrecht aus den Händen gerissen wurden. Was eines Tages dazu führte, dass der Schorschi, ihr Mann, seinen Beruf als Schuster aufgab, um sich nur noch den Kindern zu widmen. Offiziell war sein schlechtes Bein schuld. Das behaupteten beide jedenfalls immer lachend, wenn darüber geredet wurde, erzählte mir Diana strahlend.

Als ich einige Zeit später selber ein Kind bekam, erreichte mich ein Paket. Ich öffnete die altmodisch verknotete Packschnur und entschlug das braune Papier. In grobes helles Leinen war ein wunderschöner Still-BH verpackt. Das Edelweiß musste mir die Herkunft gar nicht mehr verraten. Auf einer Karte stand in Tinte geschrieben. „Weil auch Heldinnen Mama werden. Danke für alles! Diana, Rupert und Laurent"

Ich erfuhr nie, woher Diana gewusst hatte, dass ich Mutter geworden war. Auch nicht, wie sie meine BH-Größe richtig treffen konnte. Oder wieso ihre Dreiecksbeziehung wunderbar klappte, wenn andere oft schon zu zweit scheiterten.

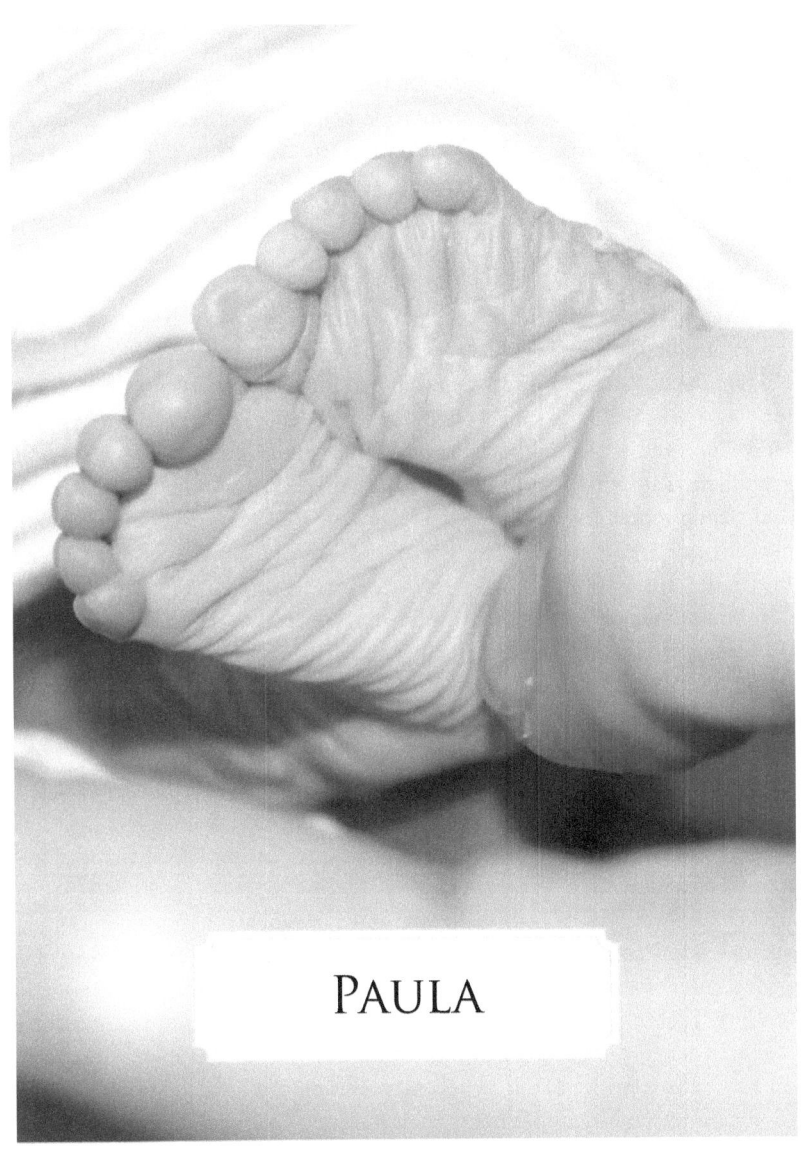

PAULA

Die kleinen Füße von Cara.

Eine der längsten Geburten, die ich bislang begleiten durfte, dauerte mehr als drei Tage. Paula, der werdenden Mutter, platzte rund um den errechneten Termin die Fruchtblase. Sie bekam die ersten 48 Stunden allerdings keine richtigen Wehen, nur sehr sanfte unregelmäßige Wellen kündigten das Ende der Schwangerschaft an. Für die Geburt des Kindes war auch Paulas Mutter Ingrid in der Wohnung eingetroffen. So verbrachten wir drei Frauen und Paulas Ehemann Simon viele Stunden abwechselnd damit, spazieren zu gehen, zu kochen und Paula dabei zu helfen, sich auszuruhen.

Wenn ich später öfter darüber nachdachte, war ich mir nicht sicher, wie lange die Geburt noch hätte dauern können, bevor ich mit Paula ins Krankenhaus gefahren wäre. Doch in der Situation, während des gesamten Prozesses, war alles sehr stetig, wenn auch langsam vorangegangen, die Herztöne des Babys immer kräftig und Paula guten Mutes gewesen. Als der kleine Lars dann im Geburtspool auf die Welt kam, waren wir alle glücklich und richtig müde. Ingrid verfasste einige Zeit später einen Geburtsbericht, den ich noch immer sehr gerne lese und der auf meiner Homepage zu finden ist.

Paula meldete sich fünf Jahre später wieder bei mir. Sie meinte, der Schwangerschaftstest sei noch nicht einmal trocken gewesen, da habe sie schon meine Nummer in ihrem Handy gewählt. Ich freute mich mit ihr über diese zweite Schwangerschaft, und wollte sie sehr gerne wieder dabei begleiten, ihr Kind zu Hause zu bekommen.

Mittlerweile hatte sich aber etwas geändert: Der Vater des erwarteten Kindes war nun Jochen. Die Beziehung zu Simon war schon bei Lars' Geburt vorbei gewesen, sie hatten sich kurz danach offiziell voneinander getrennt.

Die ersten Wochen und Monate der Schwangerschaft verliefen ganz normal, wie Paula mir telefonisch gelegentlich Bescheid gab. Es war das zweite Adventwochenende, als ich eine E-Mail von Ingrid bekam. Sie war um ihre Tochter „leicht besorgt", wie sie es ausdrückte, und wollte meine Meinung wissen. In der Nachricht stand, dass Paula sich nicht sicher sei, ob mit dem Kind in ihrem Bauch alles stimmen würde. Entweder fühlte sie sich komisch wegen der hektischen Zeit vor Weihnachten, oder es wäre „etwas anderes". Paula könne das Baby seit einigen Tagen nicht mehr richtig spüren.

Ich kenne diese Unsicherheiten sehr gut; etwa bei jeder dritten Patientin schaue ich im Laufe der Schwangerschaft kurzfristig vorbei, weil sie ein ungutes Gefühl hat. Das ist wichtig, weil sich keine werdende Mutter unnötig Sorgen machen soll, wenn ich diese mit einer kurzen und simplen Untersuchung der Herztöne beseitigen kann. Auch damals überlegte ich nicht lange. Ich erklärte meinem Sohn Archie, dass wir jetzt zu einem Hausbesuch fahren würden, schnappte meine Hebammentasche und wir standen 20 Minuten später vor der Tür.

Paula lachte in Richtung ihrer Mutter, die auf Besuch war: „Hat Ingrid dich aktiviert?" Die werdende Mutter sah sehr müde und angestrengt aus. Ich bat sie, sich auf das Sofa zu legen, damit ich ihren Bauch abtasten und mit meinem Dopton die Herztöne des Kindes suchen konnte. Ich versuchte es an mehreren Stellen, doch konnte ich nichts hören. Dann tauschte ich die Batterien des Gerätes aus. Wieder nichts.

Jochen tigerte nervös herum, kratzte sich am Bart: „Und jetzt?" Ich schlug vor, dass ich in einem nahegelegenen Krankenhaus anrufen würde. Ich wollte unser Kommen ankündigen, damit sie Paula schnell zur Untersuchung einschieben könnten. Nur ein Ultraschall würde Gewissheit geben können, wie es dem Baby ginge. Mein Sohn blieb gerne bei Ingrid in der Wohnung und spielte mit ihr zusammen Lokomotive.

Wir hatten kaum im Wartezimmer des Krankenhauses Platz genommen, da wurden wir schon von einer freundlichen Ärztin in das Behandlungszimmer weitergebeten. Sie schallte sehr lange in alle Richtungen, obwohl nicht nur ich, sondern auch die werdenden Eltern es sehen konnten: Das Herz ihres Kindes hatte aufgehört zu schlagen. Das passiert. In den meisten Fällen ohne einen geklärten Grund, es ist wie ein plötzlicher Kindstod noch im Bauch. Zusammen mit der Ärztin verließ ich das Zimmer, um Paula und Jochen Raum für ihre Traurigkeit zu geben.

Einige Zeit später wollte Paula nach Hause fahren. Wir betraten die Wohnung, Ingrid sah am Gesicht ihrer Tochter, was passiert war, sie umarmten einander.

Intrauterinärer Fruchttod. Ich weiß, dass diese klinische Bezeichnung Paulas Kopf die ersten Tage nicht verlassen hat. Immer wieder tauchten diese beiden Worte auf. Dann Fetzen davon: Intra, Intra... Tod, Tod. Manchmal bildeten sich einzelne Silben in ihrem Kopf zu einem Lied: „In In in u Tod in in" Dann wieder hämmerte die ganze Phrase in ihrem Schädel ohne Pause, ohne Möglichkeit, diese Gedanken zu kontrollieren, wenigstens kurz wegzuschieben. Sie erzählte mir davon Wochen später. Nicht, weil dann „alles wieder gut" war, denn die Traurigkeit über ein verlorenes Kind, die geht niemals ganz weg. Sondern weil sie dankbar war. Darüber, dass wir alle zusammengeholfen haben, damit sie ihr kleines Mädchen „willkommen verabschieden" konnte, wie sie es ausdrückte.

Wie der Abend, nachdem wir aus dem Krankenhaus zurückgekehrt waren, weiter verlief, das war für uns alle mehr als skurril. Wir betraten die Wohnung und fast hätte ich vergessen, dass mein eigener Sohn auch anwesend sein würde. Während sich Paula in die Arme ihrer Mutter stürzte, weinend, zitternd, und Jochen anfing zu kochen, unterhielt ich mich mit Archie. Er spielte noch mit der Eisenbahn, ganz vertieft war er, als ich versuchte, einfache, klare Worte für das zu finden, was passiert war. „Das Baby im Bauch von Paula, das lebt nicht mehr. Im Krankenhaus haben wir das gesehen, mit dem Ultraschall, du weißt ja, dass man mit diesem speziellen Gerät das kleine Kind im Bauch beobachten kann." Archie stellte keine Fragen, er hörte mir nur zu.

Dann läutete es an der Tür und Paulas Sohn Lars wurde von seinem Vater Simon nach Hause gebracht. Der kleine Bub schaute die Erwachsenen an, eher neugierig, als wegen der Tränen verschreckt, und lief dann auf Archie zu, der in der Wohnzimmertür stand. Die beiden Buben machten sich Hand in Hand davon, in die Spielecke, wo sie bald in Kostüme schlüpften und Tiere wurden. Wie ich später von meinem Sohn erfuhr, erklärte Archie Lars, dass er nun doch keine Schwester zum Spielen bekommen würde. Aber er selbst immer gerne zum Spielen vorbeikommen könne. Zumindest so lange, bis sein kleiner Bruder geboren werden würde. Von dieser Idee ließ sich Archie nicht abbringen. „Ja, Mama, Lars bekommt einen Bruder."

Ich überlegte, ob mein Kleiner etwas falsch verstanden hätte, vielleicht dachte er, weil die Schwester gestorben sei, ein Bruder auf die Welt kommen würde? Wir redeten nicht weiter darüber, weil wir zu müde waren an dem Abend.

Während die Kinder plauderten und spielten, bald unter dem wachsamen Auge von Ingrid, die sich zu ihnen gesetzt hatte, ließen die anderen ihren Gefühlen freien Lauf. Das Bild, als sich Paula, Jochen und ihr Ex-Partner Simon in den Armen lagen, weinten und dann ihre Hände auf Paulas Bauch hielten, zaghaft und doch immens stark verbunden, das werde ich nie wieder vergessen. Manches ist wichtiger als alles, was davor gewesen ist. Stärker als jede Streitigkeit. Intensiver als Wut. Echter als Prinzipien.

Irgendwann lösten sie sich voller Behutsamkeit voneinander. Wir setzten uns an den Tisch und als wir uns wieder umsahen, waren die Kinder auf einem kuscheligen Teppich eingeschlafen, die Großmutter ruhig atmend auf der Couch.

Dann sprach Paula, ganz klar: „Ich möchte dieses Kind immer noch zu Hause, hier, bekommen. An meinem Entschluss hat sich trotzdem ... nichts geändert." Ich nickte, obwohl ich zugegebenermaßen nicht so genau wusste, ob und wie das rechtlich möglich war. Das war mein erster Fall dieser Art. In dem Moment ging auch mir einiges durch den Kopf. Voran das Bedürfnis, diese Familie bei ihren Wünschen zu unterstützen.

Doch eine Frage wollte ich in diesem Zusammenhang an diesem Abend klären: „Paula, wie lange gibst du dir und dem Kind, dass du es gebären kannst, ohne Hilfsmittel? Denk drüber nach, es ist nicht dringend. Aber ich muss dir sagen, sobald du dich unwohl fühlst, Zeichen einer Infektion bekommst, dann musst du vielleicht ins Krankenhaus zur Einleitung ..."

Sie zögerte keine Sekunde und antwortete: „Eine Woche von jetzt!" Ich bewunderte ihre Entschlossenheit, doch war ich mir nicht sicher, ob das eine realistische Zeitspanne wäre. Normalerweise könnte es durchaus länger dauern, bis der Körper einer Frau bereit war, diese vorzeitige Geburt einsetzen zu lassen. Aber ich vertraute ihrem Urteil und wollte sie an diesem Tag nicht mit Details und Erfahrungswerten belasten.

In den darauffolgenden Tagen beschäftigte sich Paula intensiv damit, wie die Geburt ablaufen könnte. Dass die Kleine danach noch einige Zeit bei ihr bleiben sollte, bevor jemand Amtsarzt und Bestatter rufen würde.

Jochen fokussierte sich ganz auf die organisatorische Seite dieser schwierigen Situation. Er recherchierte im Internet, notierte Ideen, telefonierte mit verschiedenen Bestattungsinstituten. Die Ablenkung, viele To-do-Punkte, die er abarbeiten wollte, taten ihm gut, sich von der Unerträglichkeit dieses Zustandes abzulenken.

Ich telefonierte jeden Tag lange mit Paula, besuchte sie alle zwei Tage, um zu sehen, ob es ihr physisch wie emotional gut gehe.

Eine Woche war verstrichen, ich fing langsam an, mir Gedanken zu machen, wie es weitergehen könnte und sollte. Von meinen Hebammenkolleginnen hatte ich unterschiedliche Ratschläge bekommen. Mein Gefühl ging in die Richtung, noch wenige Tage abzuwarten und dann eine Einleitung anzusprechen.

Da piepste mein Handy am nächsten Morgen. Es war Ingrid. „Paula hat Nicht-Wehen!" Ich wusste, das war Ingrids Art, auszudrücken, dass sie sicher sei, ihre Tochter habe Wehen, diese aber noch nicht realisiert. Darum schnappte ich instinktiv rasch meine Hebammentasche und meinen Sohn und schon saßen wir im Auto. Ich überlegte, wer Archie später bei Paula abholen könne, und dachte, dass es trotzdem noch eine Weile mit der Geburt dauern könne.

Mitten im Stau, bei einer roten Ampel, schaute ich zufällig mal wieder auf das Handy, es war kaum eine Viertelstunde vergangen: „Cara ist da! Bitte komm schnell."

Oh nein, dachte ich und sagte laut: „Archie, bitte halt dich jetzt gut an, wir müssen wirklich schnell fahren!"

Ich befestigte das Blaulicht am Dach meines Autos und düste los. Archie jauchzte den ganzen, rasanten Weg vor Begeisterung. In der Zufahrt zur Wohnsiedlung meines Zieles war von weitem schon eine riesige Baustelle zu sehen. Mir fiel keine sinnvolle Umfahrung ein. Also fragte ich die Bauarbeiter, ob es möglich wäre, durchzufahren, es handle sich um einen Notfall. Die Männer waren sehr freundlich, meinten, es sei kein Problem, wenn ich mich links halten würde, halb am Gehsteig solle ich fahren, sie beäugten mich interessiert, weshalb ich hinzufügte: „Ein Baby ist gerade geboren worden und ich bin die Hebamme!" Zwei klatschten und riefen Glückwünsche: „Super, super, leiwand!" Ein anderer ging sogar mit uns mit, weil wir schon ein paar Meter weiter fast von den entsetzten Kollegen gestoppt worden wären, die unsere Situation noch nicht kannten.

Endlich am Parkplatz angekommen, beeilten wir uns zur Wohnung. Beinahe hätte ich vergessen, Archie auf die Situation vorzubereiten. Ich erklärte ihm also, dass jetzt das Baby auf die Welt gekommen sei, das leider im Bauch gestorben war. Es seien sicher alle Erwachsenen sehr traurig, würden vielleicht weinen. Er könnte wieder mit Lars spielen gehen, wenn er wollte. Archie entgegnete mir nur, dass er sich das schon gedacht hätte, es müsse ja auch geboren werden, damit dann der Bruder kommen könne. Ich ging nicht weiter darauf ein, was mein Sohn damit meinen könnte, dafür war jetzt nicht die Zeit.

Ich betrat das Wohnzimmer, Paula lag im aufgeblasenen Pool. Sie erzählte aufgeregt von der Geburt. Die habe im Badezimmer stattgefunden, wegen des dringenden Gefühls, aufs Klo zu müssen. Das ist ein Umstand, den man Schwangeren gar nicht oft genug sagen kann. Kinder kriegen hat vom Vorgang her viel zu tun mit anderen Ausscheidungen. Nach einem Lachen ist das für werdende Mütter oft ein richtiger Aha-Moment. Cara ist aus einer Beckenendlage, also mit dem Popo voran, geboren worden.

Als sie dann da war, schauten sich alle ein wenig verdutzt an, weil alles so schnell gegangen war und weil sie nicht wussten, was nun zu tun sei. Ingrid holte eine Schere, um die Nabelschnur abzutrennen.

Paula hielt Cara in ihren Armen, doch weil sie von der Geburt noch zitterte und das Kind sich deshalb bewegte, musste sie die Kleine Jochen abgeben. Es war zu viel für sie in diesem Moment.

Jetzt, wo ich hier war, wollte sie ihr Mädchen gerne wieder bei sich haben. Die Plazenta wurde noch im Pool geboren, und dann machte Paula es sich mit Cara auf der Couch gemütlich, während ich sie erstversorgte.

Statt der Traurigkeit, die ich Archie noch vor ein paar Minuten angekündigt hatte, herrschte Freude darüber, dass die Geburt unkompliziert passiert und die Kleine nun geboren war. Paula ließ sich viel Zeit dabei, ihre Tochter anzusehen. Sie berührte sie. Prägte sich ihre Züge ein. Eine wohlige Ruhe umfing uns.

Viel später holte ich Archie vom Spielen und fragte ihn zwanglos, ob er das Baby sehen wollte. „Ja!" – und so näherte er sich Paula und Cara: „Darf ich's angreifen?" Und als er das Kind kurz an der Wange berührt hatte, meinte er zu mir gedreht: „Mama, das fühlt sich komisch an!" Und ging wieder spielen.

Ruhe. Lächelnde Gesichter.

Und plötzlich sagte Ingrid in diese Stille: „Ist es jetzt unangebracht, wenn wir mit einem Sekt anstoßen?"

Nein, wir alle fanden es sehr angebracht, das kleine Mädchen zu feiern, und freuten uns einmal mehr, dass die Geburt gut vorübergegangen war. Wenn ihr Körper auch nur einen kurzen Augenblick auf der Welt verweilen würde, der Eindruck, den die kleine Seele hinterlassen hatte, der würde nie verschwinden. Also feierten wir die kleine Cara und ihre Mama und überhaupt alle, die an diesem Erlebnis teilgehabt hatten.

Etwas später kam dann auch noch eine befreundete Fotografin vorbei, die ganz behutsam wirklich schöne Bilder der Familie machte. Schon waren fast sieben Stunden seit Caras Geburt vergangen. Mittlerweile dämmerte es draußen.

Langsam wollten wir damit beginnen, die Formalitäten abzuarbeiten. Als Erstes war der Amtsarzt zu verständigen. Jochen wollte all die organisatorischen Angelegenheiten auch weiter übernehmen. Es war ihm sehr wichtig, die Kontrolle zu behalten und sich ablenken zu können. Da Archie nach diesem langen Tag schon grantig war, beschloss ich, mit ihm nach Hause zu fahren. Ich instruierte Jochen: Nach dem Amtsarzt könne der Bestatter gerufen werden und alles Weitere würde sich dann aus diesen Telefonaten ergeben.

Ich hinterließ den ausgefüllten, unterschriebenen und gestempelten Geburtsbericht auf Paulas Schreibtisch. Cara lag zu dieser Zeit friedlich in einem von Paula liebevoll dekorierten Nestchen, das in eine Kühltruhe gebettet war. (Das möglich zu machen, eine Kühltruhe zu finden, die über eine normale Steckdose und nicht über den Zigarettenanzünder im Auto lief, noch dazu im Dezember, das hatte Jochen viel Zeit und noch mehr Nerven gekostet.)

Kaum waren Archie und ich zu Hause angekommen, und hatten es uns auf dem großen roten Sessel mit einem Buch gemütlich gemacht, klingelte mein Handy. Es war eine sehr aufgeregte Ingrid dran: „Margarete, du kannst dir gar nicht vorstellen, was gerade passiert ist. Es waren etwa 15 Menschen jetzt hier, die haben sich alles angesehen und untersucht ...“

Ich unterbrach sie, weil ich nichts verstand. Dann erzählte sie von Anfang an. Jochen hatte sich beim Amtsarzt gemeldet und die Lage geschildert. Dieser wollte mit der Hebamme sprechen. Als Jochen erklärte, dass ich schon weg sei, fand dieser das: „Sehr verdächtig! Das ist suspekt.“ Der Amtsarzt kündigte an, dass er die Kripo hinzuziehen müsse, und binnen kürzester Zeit wurde die Wohnung tatsächlich von einem Haufen fremder Menschen gestürmt.

Ingrid sagte nach dem Luftholen immer wieder: „Ich dachte, ich träum'!“ Diese Leute machten Fotos, sicherten Beweise des „Tatorts“, wie sie die Wohnung bezeichneten, und stellten ganz genaue Fragen zum Hergang und zeitlichen Ablauf der Geburt.

Ich war in der Sekunde erst einmal froh, dass ich das Klo ordentlich geputzt hatte. Denn da hätten sie sehr wohl einige Blutspritzer finden können. Dass wir den Geburtspool bereits ausgelassen hatten, das schien ihnen auch nicht recht zu sein, und sie machten Extra-Bilder von der Stelle, wo er gestanden hatte und eine Zeichnung dazu. Alle Anwesenden, schilderte Ingrid, mussten die Geburtsgeschichte immer und immer wieder erzählen. Mal den Kripo-Beamten, dann den anwesenden Juristen und später den Sanitätern. Paula hielt Cara die ganze Zeit über im Arm, doch sie konnte nicht verhindern, dass eine Sanitäterin unbedingt den Puls des toten Kindes suchen und auch das Geschlecht feststellen wollte. Für alle Familienmitglieder war die Situation höchst unangenehm und skurril.

Einer der Beamten, war es ein Jurist oder jemand von der Kripo, Ingrid war sich schon nicht mehr sicher, bestand darauf, Cara auf der Stelle mitzunehmen. „Für eine gerichtliche Obduktion natürlich, es muss ja geklärt werden, was hier passiert ist." Der Verdacht auf Fremdverschulden liege in der Luft.

Eine Obduktion kam für die Eltern nicht in Frage: Paula und Jochen waren sich schon früh sicher gewesen, dass sie ihre Tochter nicht eingehend untersuchen lassen wollten, und vor allem sollte das Mädchen, bis der Bestatter es holen würde, bei ihnen bleiben.

Also nahmen Paula, Ingrid und Jochen noch einmal all ihre Kraft zusammen und machten deutlich: „Das Kind bleibt hier!" Nach einem längeren Hin und Her wurde das von den Beamten akzeptiert, sie zogen sich zurück. Doch, erklärte einer ihnen vehement, sie würden morgen um Punkt neun Uhr Leute von der Bestattung Wien vorbei schicken, die das Kind dann mitnehmen würden.

Also machte ich mit Ingrid aus, am nächsten Tag ganz früh wieder bei ihnen zu sein, damit wir zusammen weitere Schritte überlegen konnten.

Die Nacht war schrecklich. Ich machte mir Gedanken, warum ich nicht geblieben war und auf den Amtsarzt gewartet hatte. Die arme Familie musste diesen Auflauf erleben, wie schrecklich! Dann machte ich mir Sorgen, ob vielleicht gleich jemand vor meiner Türe stehen würde, um mich festzunehmen. Also rief ich das Krankenhaus an, das wir mit Paula aufgesucht hatten, für den gewissheitsbringenden Ultraschall. Sie mailten mir den Befund, der den Tod des Kindes im Bauch bestätigte, umgehend. Ich hatte wilde Alpträume, wachte in der Nacht schweißgebadet auf. Zum Glück übernachtete Archie bei seinem Vater.

Der Morgen kam und ich war bereits früh bei Paula, Jochen und Ingrid eingetroffen. Sie schilderten mir noch einmal detailliert die gestrigen Vorkommnisse. Ingrid und ich wollten ab jetzt alles übernehmen, damit die Eltern endlich zur Ruhe kommen konnten.

Um kurz nach zehn klingelte es an der Tür. „Bestattung Wien!" Zwei echte Urwiener betraten den Vorraum, das vielzitierte Meidlinger L war deutlich rauszuhören: „Mein Beilllleid!"

Einer von ihnen hatte eine kleine, nicht ganz sauber erscheinende Blechschüssel in der Hand. Es war entsetzlich. Der andere einen Zettel: „Mir ham die Order, das Kind jetzt abzuholen!" Ich bedankte mich für die Wünsche und erklärte umgehend, das Kind würde hierbleiben und später vom Bestattungsunternehmen der Wahl abgeholt werden. „Aber mir haben hier eine gerichtliche Order ..."

Ich zeigte ihnen den Befund vom Krankenhaus, der den Verdacht auf Fremdverschulden deutlich entkräftete. Das reichte den beiden nicht und sie bestanden darauf, die Polizei zu rufen, was uns für die Klärung sehr recht war: „Die Hebamm und die Großmutter lossn uns net durch!"

Zwei Polizisten waren schnell vor Ort, im Vorzimmer, und wir erklärten ihnen die Umstände. Der eine, ein großer mit grauen Bartstoppeln, meinte, wenn das Verfahren schon in Gang sei, dann könnten wir es nicht mehr aufhalten. „Unmöglich geht das!"

Das Gespräch drehte sich im Kreis, bis die vier Männer langsam immer näherkamen. Sie wollten sich ihren Weg Richtung Wohnzimmer bahnen, als Ingrid eine Videokamera, gleich einer Waffe, wie es für mich aussah, zückte: „Wenn Sie jetzt da hineingehen und meiner trauernden Tochter das tote Kind entreißen, werde ich Sie dabei filmen."

Plötzlich waren die Männer wieder ein paar Schritte weiter weg, die Situation entspannte sich. Einer der Polizisten, er hatte viele Sommersprossen um die Nase und war etwa um die 30 Jahre alt, versuchte, uns mit Psychologie beizukommen. Er redete ein bisschen von sich selbst: Dass es immer sehr schwierig wäre, wenn ein Familienmitglied stürbe; dass sein Vater letztes Jahr gestorben sei, aber man bei all der Trauer doch auch irgendwann abschließen müsse. Ich sprach ihm mein Mitgefühl für seinen Verlust aus, meinte aber, dass er verstehen solle, dass die Situation hier anders sei. Die Eltern bräuchten die Zeit, um sich zu verabschieden, und es wäre der ausdrückliche Wunsch beider, dass die Kleine nicht obduziert werden sollte.

Unverständnis. Dann wollte der Sommersprossige wissen, wo die Kleine gerade sei. Ich nahm an, dass er aus hygienischen Überlegungen fragen würde, und erklärte ihm, dass sie entweder bei ihrer Mutter im Arm liege oder in einer eigens dafür angeschafften Kühlbox. Seinem Entsetzen nach zu urteilen, ist das für ihn zu viel Information gewesen.

Der graustoppelige Polizist wurde langsam nervös und dann erhob er die Stimme: „Gut, dann müssen wir nun einen Richter hinzuziehen", tönte er in unsere Richtung.

Das war uns sehr recht, wir empfanden es nicht als Drohung, sondern als Chance, die Angelegenheit endlich aufklären zu können. Keine fünf Minuten später vermeldete er, dass der Staatsanwalt den Akt jetzt am Tisch liegen habe, ihn umgehend durchsehen und sich dann rückmelden werde.

Das Klingeln des Handys brachte bald darauf die Erlösung aus dieser Situation. Der Staatsanwalt gab die kleine Cara telefonisch frei, die Polizisten wie die Bestatter gingen ihrer Wege.

Plötzlich hatte sich alles rasant geklärt. Dann verschnauften Ingrid und ich zusammen mit Paula und Jochen im Wohnzimmer.

Die Eltern schauten sich wenig später an, lächelten, ließen Tränen über ihre Wangen kullern, als sie gemeinsam ihr Kind in den Armen hielten und Jochen sagte: „Ich werde nun die ... na die vom Unternehmen anrufen." Ich erklärte ihm, dass er den Zuständigen sagen müsse, dass der Totenschein noch nicht vorliegen würde, das Kind nur mündlich freigegeben sei.

Ab diesem Zeitpunkt funktionierte alles reibungslos. Cara wurde abgeholt, in einen wunderschönen hellen kleinen Sarg gebettet, der vom Muster an eine Wolke erinnerte. So schwebte sie mit einem sehr freundlichen Mitarbeiter des Bestattungsinstitutes hinaus. Es war derselbe Mann, der am Montag darauf bei Jochen anrief, um ihm mitzuteilen, dass der Totenschein plötzlich auf dem Sarg gelegen sei, gerade vor fünf Minuten habe er es gesehen, und er könne sich einfach nicht erklären, wie und wann das Dokument dorthin gekommen sei, er habe das noch nie erlebt.

Die Trauerfeier für Cara wurde bunt und hell und nur ein bisschen traurig. Es war eine Feier für dieses kleine Mädchen, das bei einigen Menschen einen starken bleibenden Eindruck hinterlassen hatte. Viele bemalte Steine statt eines einzigen grauen zieren ihre Ruhestätte. Und wenn man daran vorbeigeht, dann geht das nicht ohne ein kleines Lächeln, denn die Liebe bleibt spürbar.

Im Frühling rief Paula mich an. Sie war ganz ruhig, ein bisschen schüchtern sagte sie: „Margarete, weißt du, ich bin wieder schwanger!"

Ich freute mich sehr für sie und dann lachte sie auch und meinte, dass es zuerst schon ein kleiner Schock gewesen sei. So früh nach Cara ... Sie musste schlucken. Das errechnete Geburtsdatum sei der Tag, an dem Cara geboren wurde. Das habe ihr schon Angst gemacht. Aber laut Ultraschall schaue alles gut aus, sie fühle sich wohl und wolle sich nicht verrückt machen.

Ich bestärkte sie in ihrer Einstellung. Versicherte ihr, dass ich immer erreichbar wäre. Für sie oder die kryptischen Nachrichten ihrer Mutter Ingrid. Darüber mussten wir beide lachen.

Die Wochen und Monate verstrichen. Paulas Bauch wurde immer größer und sie konnte gut und locker mit der Situation umgehen. Caras

Geburtstag jährte sich und ich telefonierte mit Paula. Sie war aufgekratzt, traurig, glücklich; alles auf einmal.

Es dämmerte schon, als ich eine SMS von Ingrid bekam. „Paula hat seit eineinhalb Stunden regelmäßige Nicht-Wehen!"

Ich wusste, was das bedeutete, brachte Archie zu seinem Vater einen Stock höher und sprang in mein Auto. Das Blaulicht schaltete ich noch vor dem Motor an. Als ich schon fast in der Wohnsiedlung angekommen war, schnitt mich ein Auto bei einer Kreuzung. Ich hupte. Beim Parkplatz angekommen, schnappte ich meine Tasche und stand auch schon vor Paulas Türe, die von Ingrid geöffnet wurde.

Bereits im gut bekannten Vorzimmer konnte ich Paula tönen und atmen hören und schätzte, dass sie sicher schon bei fünf Zentimetern Muttermundsöffnung sei. Das bestätigte sich kurze Zeit später. Diese Geburt war heftig, blutig, laut und Paula konnte gut damit umgehen. Während der Wehenpausen sagte sie immer wieder, dass sie gespürt habe, dass das Kind den gleichen Geburtstag haben würde wie Cara.

Mittlerweile war es 22.45 Uhr und ich mir nicht ganz sicher, ob sich das wirklich ausgehen würde. Plötzlich läutete es an der Tür. Im Scherz sagte ich zu Ingrid, die aufgestanden war, um sie zu öffnen: „Das wird sicher wieder die Polizei sein!"

Und tatsächlich wollten die beiden Beamten, dieses Mal waren es ein Mann und eine Frau, zu mir. Ich konnte mir ein gemurmeltes: „Ach, Sie schon wieder" nicht verkneifen, bevor ich zuhörte, was sie wollten. Ein Mann aus der Siedlung habe mich angezeigt, weil ich mit Blaulicht gefahren bin. Sie hätten schon bei einigen angeläutet und eine Nachbarin meinte, dass hier nur Paula schwanger und wohl bei ihr eine Hebamme zu finden sei. Die Beamten wollten also meine Unterlagen überprüfen, ich solle ihnen alles aushändigen. Da sich die Papiere griffbereit im Auto befanden, begann ich meine Schuhe anzuziehen. Ich machte Ingrid recht klar und deutlich, dass sie mich umgehend rufen solle, wenn Paula zu pressen anfinge.

Die Polizisten stutzten etwas und fragten: „Na, geht das jetzt eh, oder ist es schon so weit?" Ich nickte und nach fünf Minuten war alles geklärt, die Papiere überprüft. Die Anzeige würde freilich nicht weiterverfolgt werden.

Vor der Türe angekommen, wollten die Beamten noch wissen, ob sie vielleicht bei etwas helfen könnten. Wenn ich sie darum gebeten hätte, wären mir die beiden Beamten sicher mit heißem Wasser und frischen Leintüchern zur Hand gegangen, dachte ich schmunzelnd und sagte: „Nein, danke."

Die Polizistin, eine sehr hübsche Frau um die 25 mit kinnlangen, dunklen Haaren sowie großen braunen Augen, versuchte, scheu um die Ecke zu lugen. Sie zögerte, fragte mich dann, ob ich Hausgeburten betreute, was ich bejahte. Dann zögerte sie wieder, blieb aber stumm, beide Beamten verabschiedeten sich und gingen ihrer Wege.

Paula lag mittlerweile im Geburtspool, war in einer inneren Ruhe angekommen. Eine Stunde später, nur Minuten vor Mitternacht, hielt sie ihren kleinen Sohn in den Armen. Jochen war zum Endspurt auch in das Wasser gestiegen und konnte seiner Frau beim Pressen kräftigen Halt geben.

Dann wachte auch Lars auf, der es sich in einer Ecke gemütlich gemacht hatte, weil er seine Mutter beim Singen nicht alleine lassen wollte und dann doch eingeschlafen war. (Kleine Kinder, die bei einer Geburt anwesend sind, meinen oft, dass die wehende Frau singt, auch wenn sie schreit wie am Spieß.)

Kurz darauf kuschelten sich alle vier gemütlich auf die Couch, ich untersuchte Paula währenddessen, doch es musste nichts genäht werden.

Dann schliefen sie ein. Ingrid und ich fielen uns in die Arme und waren glücklich darüber, wie wunderbar alles geklappt hatte. Wir stießen mit einem Gläschen Sekt darauf an.

Am nächsten Morgen erzählte ich Archie genau, was für eine spannende Nacht ich gehabt hatte, dass sogar die Polizei bei der Geburt des Kindes vor der Tür gestanden hatte. Doch ihn ließ das kalt. Ihn interessierte nur das neue Baby. „Siehst du, Mama, es ist, wie ich es dir gesagt habe. Lars hat einen kleinen Bruder bekommen!"

Ich staunte über meinen Buben. Schon damals, als wir vom Krankenhaus nach Hause kamen, mit der traurigen Nachricht, hatte er von einem Bruder geredet. Ich habe es nur anders verstanden. Ich strich ihm über sein strubbeliges Haar. Wie gerne würde ich in diesen Kopf sehen können, verstehen, was darin vorgeht.

Kinder haben manchmal feine Antennen. Solche, die bei uns Erwachsenen nicht oft anschlagen.

MARCELLA

Der Löwe an Marcellas Haustür, dieser
interessanten Villa Kunterbunt.

Margarete untersucht jede Plazenta genau.

Italien – ti amo! Wäre ich in dieses Land nicht schon verschossen, seitdem ich mit meiner Familie als Kind jedes Jahr in einem überfüllten, bunten Fischerdorf mit lustigen, herzlichen Bewohnern an der Küste Urlaub gemacht habe, ich wäre dank Marcella assolutamente italophil geworden. Oder das Gegenteil. So sicher bin ich mir gar nicht, wenn ich an diese Geschichte denke ...

Marcella meldete sich bei mir, da war sie noch nicht einmal schwanger. Sie erklärte am Telefon ohne Umschweife, dass sie plane, ihr nächstes Kind mit mir als Hebamme zu Hause bei sich auf die Welt zu bringen. Es würde ihre zweite Schwangerschaft sein. Die erste hatte mit einem Kaiserschnitt geendet: „Ich hab' damals noch nicht alles gewusst, was ich heute weiß, das war das Problem, darum konnte das passieren", erzählte sie mir lautstark.

Sie hatte mich auserkoren, weil sie von zwei guten Quellen wissen würde, dass ich „die Hebamme für diese Fälle" sei, wie sie es, plötzlich flüsternd, ausdrückte. Sie brauche jemanden, der unerschrocken war, sie auch zwischendurch mit fundiertem Wissen und Erfahrungsschatz aufbauen könne. „Ich bin nicht zimperlich oder wehleidig. Aber manchmal braucht meine Seele Streicheleien, ja! Aber Genaueres können wir noch öfter besprechen, dann, wenn es so weit ist."

Nicht nur wegen ihres Namens, sondern auch wegen der herzlichen, offenen und durchaus energischen Art vermutete ich, dass Marcella Italienerin sei. Sie wollte meine Rahmenbedingungen für eine Hausgeburt nach Kaiserschnitt wissen, nickte diese zufrieden ab und verabschiedete sich mit den Worten: „Ich melde mich wieder, wenn ich im Herbst schwanger bin."

Nein, ich wunderte mich nicht wirklich, als mich Marcella im Oktober anrief. „So, Margarete, jetzt bin ich schwanger, wir können loslegen." Sie zählte mir auf, wie sie sich schon jetzt für die Schwangerschaft und Geburt vorbereitet hatte: Sie machte eine eigens von einer amerikanischen Hebamme entwickelte Eiweißdiät, um die Uterusmuskeln zu stärken, Atemyoga mit Geburtsmantravisualisierung und ausgedehnte Spaziergänge bei mittlerer Pulsfrequenz. „Meine iranische Physiotherapeutin meint, ich soll mindestens drei Mal die Woche für zwei Stunden herumgehen!"

Laut Arzt war sie gerade erst einmal in der zehnten Schwangerschaftswoche. Ein Zeitpunkt, an dem viele noch gar keine Ahnung von der frohen Neuigkeit haben.

„Dieses Mal überlasse ich nichts dem Zufall! Ich möchte einfach alles versuchen, damit es eine normale Geburt bei mir zu Hause wird! Basta!"

Nach einigen Telefonaten war es an der Zeit, dass wir uns persönlich kennenlernen sollten.

Ich trat die Reise nach Währing an, in den grünen Bezirk mit einigen wunderschönen, geschichtsträchtigen Parkanlagen. Ich staunte nicht schlecht, als ich unter der Adresse, die ich von Marcella genannt bekam, eine Art Villa Kunterbunt, ein von feuerrotem Efeu und wildem Wein umranktes Haus, vorfand. Es war von außen ein wenig heruntergekommen, der Putz bröckelte, die Fenster konnten einen Anstrich vertragen, ja, aber es hatte eine Menge Charme. Das passt ja schon mal zu der Bewohnerin, dachte ich gut gelaunt.

Das Gartentor knarrte zart, eine Bodenplatte unter meinem Schuh war locker beim Draufsteigen und vor der Tür musste ich mich zwischen ordinärer Klingel oder einem mächtigen Löwenkopf-Türklopfer entscheiden, um auf mich aufmerksam zu machen. Ich konnte nicht anders und wählte den Löwen.

Keine drei Sekunden später wurde die Tür von einem Mann aufgerissen. Er war groß, steckte in einem Nadelstreifanzug, hatte glänzende schwarze, wild-lockige Haare, die er nach hinten gelegt trug, und einen gezwirbelten Schnauzbart. War ich in einem Gangsterfilm gelandet oder in den 1920er Jahren?

„Guten Tag, können Sie nicht wie jeder sonst einfach klingeln? Beim Knopf? Da, an der linken Seite. Wer sind Sie denn?"

Mir blieb ein bisschen der Atem weg, dann sagte ich: „Margarete, die Hebamme. Sie haben so einen hübschen Löwen, ich konnte nicht widerstehen."

Er funkelte mich lächelnd an, dann musterte er mich. „Gut, ich habe schon auf Sie gewartet, kommen Sie herein! Und Schuhe ausziehen!"

Nachdem ich mich umgesehen hatte – ich war mir nicht sicher, wieso er auf mich warten sollte –, tat ich, wie mir geheißen und wie ich es sowieso gewöhnt war, wenn ich die Heime anderer Menschen betrat. Der ausladende Vorraum, oder besser gesagt Empfangsbereich, war sehr hell, freundlich gestaltet mit Kinderbildern und bunten Accessoires bestückt. Eine angenehme Atmosphäre. Gar nicht passend zu dem Mann, der mir die Tür geöffnet hatte.

„Wo finde ich denn Marcella?", wandte ich mich an ihn, nachdem er keine Anstalten machte, mir etwas zu erklären. „Ah, ja, Marcella, entschuldigen Sie, ich bin ihr Papa, Albino Moretti. Hallo Margareta! Kommen Sie weiter!" Und schon war er um die Ecke verschwunden. Also folgte ich ihm in die Wohnküche.

Er bedeutete mir, an einem Esstisch Platz zu nehmen. „Espresso?" Ich verneinte, weil ich keinen Kaffee trinke. Er rümpfte die Nase: „Was heißt hier Kaffee? Espresso frage ich!". Er zog die Augenbrauen hoch und stellte mir wortlos ein Glas Wasser hin.

Noch einmal fragte ich nach Marcella. Er wies mich an, Ruhe zu bewahren. Ich war ruhig. Aber, und das sagte ich ihm: „Normalerweise ist die Schwangere bei einem Hausbesuch dabei." Das brachte ihn immerhin zum Lachen.

Albino hatte sich bedächtig seinen Kaffee, ähhh Espresso gemacht und setzte sich nun mir gegenüber an den Tisch. Und schaute. Kratzte sich sein Kinn, zwirbelte den Bart. Dann sagte er: „Nun, es ist besser, wenn wir uns zuerst unterhalten. Ich muss genau wissen, ob Sie die Richtige sind für meine Tochter und mein Enkelkind. Ich habe mich ganz genau erkundigt!"

Überrumpelt oder nicht, ich nickte und ließ mich auf das Gespräch mit ihm ein. Ich beantwortete jede seiner Fragen. Obwohl es sich zeitweise wie ein Verhör anfühlte. Albino wollte von mir genaue Zahlen, Statistiken und Auswertungen wissen: Wie viele Frauen ich schon betreut hatte, wie viele davon nach Kaiserschnitt und wie oft ich diese ins Krankenhaus verlegen musste. Was das Schlimmste war, das jemals bei einer Geburt passiert sei, und was überhaupt das Schlimmste sei, das ich mir vorstellen konnte. Wieso ich diesen Beruf ausüben würde und warum man heutzutage denn nicht im Krankenhaus die Kinder bekommen solle.

„Oder will!", sagte er plötzlich ganz aufgebracht. „Sie will einfach nicht mehr so!" Und dann wurde er kurz sehr nachdenklich, schüttelte den Kopf und murmelte etwas auf Italienisch.

Während ich gewissenhaft seine restlichen Fragen beantwortete, sah ich mich unauffällig ein wenig in dem Raum um, konnte aber weder einen Pferdekopf noch eine versteckte Kamera irgendwo erkennen. Dann schaute mich Albino wieder einige Zeit nur an und schlürfte dabei seinen Espresso. Der roch wirklich köstlich.

Schließlich wollte ich wissen, ob er noch Fragen hätte. Albino stand auf, zwirbelte seinen Bart erneut und ging ein paar Schritte hin und her. Währenddessen blickte er weiter unentwegt in meine Augen.

„Eine habe ich noch!", sagte er laut und grimmig und mit erhobenem Zeigefinger am Mundwinkel. Ich tippte auf meine Schuhgröße, zur Anfertigung der Betonpatschen – einer gängigen Mafiamethode, um Hebammen, ähm, Gegenspieler loszuwerden.

Doch da rasselte der Schlüssel im Hausschloss, und schon sauste eine junge Frau mit kleinem Kind am Arm herein. Derart schnell, dass ihre dunklen Haare nur so vor ihrem Gesicht und hinter ihrem Kopf und überhaupt überall im Raum herumflogen. Ich hörte zwischen italienischen Worten, die ich nicht verstand, immer wieder ein sehr deutliches, überraschend wienerisch-grantiges ‚Papa' von Marcella an ihren Vater gerichtet. Er sagte nichts, sondern nickte nur leicht, wenn er nicht gerade betreten auf den Boden schaute.

Nach einer Weile stand ich auf und ging in das Vorzimmer, um die beiden das alleine unter sich ausmachen zu lassen.

Keine zwei Minuten später schlich Albino mit dem Kind an der Hand an mir vorbei und stammelte leise: „Sie ... ist jetzt bereit. Es tut mir wirklich leid, wenn ich Ihnen Unannehmlichkeiten gemacht habe ..." Seine Schultern hingen herab und er schien es ernst zu meinen. Sogar der Nadelstreif des Anzuges wirkte geknickt. Der kleine Bub aber hatte sichtlich viel Spaß mit seinem Opa, zog Grimassen und tat so, als ob er mit seinem Fuß einen Ball wegschießen wolle. „Wir gehen Fußball spielen nach draußen", murmelte Albino und war schon um die Ecke verschwunden.

Ich ging zurück in die Küche. Dort saß Marcella, mit roten Wangen und wässrigen Augen, das Gesicht in den Händen verborgen. Sie machte Geräusche wie ein Bär. Ein sehr trauriger Bär.

Als sie mich hörte, sprang sie auf, strich ihre langen Haare nach hinten und wischte sich über die Augen: „Margarete, entschuldige, es tut mir leid. Was musst du von mir denken, nach dieser Szene! Mein Vater, er ist besorgt, dass ich das Baby und mich umbringe, wenn ich es zu Hause bekomme. Weißt du, wir wollen uns nicht verraten lassen, was es wird, sondern uns bei der Geburt überraschen lassen. Du musst dann schauen und feierlich sagen: ‚Es ist ein Bub!' Oder ‚Es ist ein Mädchen!' Wenn du überhaupt noch möchtest, nach dieser Aktion meine ich, wäre es kein Wunder, wenn du uns nicht mehr begleiten willst."

Wieder stiegen ihr die Tränen in die Augen und ich kam näher, um ihre Hand zu drücken. „Ich muss mich so ärgern über ihn. Er hätte dich nur reinlassen und etwas zu trinken anbieten sollen. Mehr nicht. Sicher nicht! Ich wollte doch, dass wir uns ganz normal kennenlernen. Diese Geburt sollte perfekt werden."

Marcella erklärte weiter, dass sie versucht hatte, mich anzurufen, um mir zu sagen, dass sie sich 20 Minuten verspäten würde, weil sich ihr kleiner Sohn Leonardo derzeit nur von ihr aus der Kindergruppe abholen lassen wollte. Sie konnte mich nicht erreichen, und darum hatte sie ihren Vater gebeten, mich hineinzulassen. – Schon beim Wegfahren war mir aufgefallen, dass ich keinen Akku mehr hatte und das Handy laden musste.

Ruhig versicherte ich Marcella, dass alles halb so schlimm gewesen sei. Ihr Vater habe einige wichtige Fragen gestellt, über die wir im Laufe der Schwangerenbetreuung noch reden würden.

Sie strahlte mich an: „Das heißt, Margarete, du wirst nicht gleich die Flucht ergreifen, du wirst meine Hebamme sein?" Sie fiel mir um den Hals und drückte mich. „Weißt du, manchmal würde ich ja gerne selber vor ihm flüchten, vor meinem Papa. Er kann wirklich sein wie eine richtige italienische Nonna, Glucke, sagt man, stimmt's? Weißt du, als Kind durfte ich mit meinem Fahrrad nur bei Sonnenschein, niemals im Regen, und ganz sicher nicht in der Nacht fahren. Auch das Wochenende war tabu, wegen der Sonntagsfahrer. Ich sage dir, das war was!" Dann grinste sie liebevoll. „Aber er ist mein Papa, was soll ich machen!"

Dass eine räumliche Trennung, vielleicht sogar unterschiedliche Adressen eine gute Idee sei, das war für Marcella kein Thema. Irgendwann im Laufe der Schwangerschaftsbetreuung meinte sie: „Die Familie gehört zusammen!" Und da schloss sie ihre Eltern ebenso ein wie zukünftige Horden von Kindern. „Notfalls wird einfach angebaut! Basta!"

Schon beim Erstgespräch mit Marcella merkte ich, dass sie sich gut auf diese zweite Schwangerschaft und Geburt vorbereitete. Die Zahl der Frauen, die sich nach einer klinischen Entbindung für eine Hausgeburt entscheiden, wird immer größer. Mittlerweile macht diese Gruppe der Frauen, die spontan nach Kaiserschnitt zu Hause ein Kind gebären wollen, gut 25 bis 30 Prozent der insgesamt von mir begleiteten Frauen aus. Meine Masterarbeit habe ich zu dem Thema HBAC (Home Birth After Caesarian, wie der englische Ausdruck dazu lautet) verfasst, weil mir die Betreuung dieser Frauen sehr wichtig ist.

Die Kaiserschnittraten sind bei uns in Österreich, wie im Rest Europas, in den letzten Jahren und Jahrzehnten rasant angestiegen. Aber nicht jede Mutter folgt dem veralteten Credo „Einmal Kaiserschnitt, immer Kaiserschnitt", sondern viele suchen mittlerweile nach natürlichen Alternativen für folgende Geburten. Die Gründe dafür liegen sehr oft darin begründet, selbstbestimmt zu gebären in einer sicheren Atmosphäre. Denn nicht selten hinterlässt der Kaiserschnitt ein Trauma bei den Müttern.

Marcella lachte und sagte, dass sie bei der ersten Geburt im Krankenhaus derart viele Medikamente bekommen habe, das müsse für mindestens eine weitere reichen.

Als sie mir ihre Patientenakte über den Tisch schob, wurde sie still. Ich sah gleich, weshalb. Am Tag nach dem Kaiserschnitt musste bei ihr eine Notoperation durchgeführt werden. Marcella hatte viel Blut verloren, das sich teilweise in ihrem Bauchraum gesammelt und Atemkrämpfe verursacht hatte. Sie hatte großes Glück gehabt: Einerseits, dass ihre energische Mutter auf eine sofortige genaue Untersuchung samt aktueller Blutwerte bestanden hatte: „Sehen Sie sich meine Tochter an, sie schaut fürchterlich aus! Sie kann ja nicht einmal atmen, das kommt nicht einfach von einer überraschenden Geburt!" Marcella war einem Verbluten gefährlich nahegekommen. Andererseits war es fast ein Wunder, dass die Ärzte die Gebärmutter im Zuge der folgenden Notoperation nicht entfernt hatten. Bei zwei Frauen, die ich näher kannte, war das geschehen.

Ich sammelte mich. Trotz dieser Komplikation hatte ich ein gutes Gefühl. Nachdem ich mir die Unterlagen sehr genau angesehen hatte, sprach ich mit Marcella darüber, was damals passiert war. Sie erzählte mir davon, wie sie alleine im Halbdunkeln in einem kahlen Zimmer gelegen habe und der Bluttransfusion dabei zusah, wie sie langsam in ihre Adern tropfte. Dass sie nach ihrem Kind verlangen wollte, doch immer wieder weggenickt war und es nicht einmal geschafft hatte, die Frage hörbar zu formulieren, weil sie zu schwach gewesen sei. Dass sich Stunden und Tage zu einem Zeitnebel gemischt hätten, den sie lange nicht durchdringen konnte.

Sie lächelte, als sie davon berichtete, wie sie am Tag nach der Not-OP ihr Kind endlich in einem Wägelchen von den Schwestern ans Bett geschoben bekam und ihren Leo im Arm halten durfte. Wie sie ihn sicher und bequem auf die Decke zwischen ihre Beine gelegt hatte, um ihn erst einmal zu mustern und dann auszuziehen, um die Zehen nachzählen zu können. Das Aufsetzen dafür, erzählte sie mir mit stolzer Bitterkeit, war schmerzhafter gewesen als alles, was sie bislang erlebt hatte, und dauerte ganze 15 Minuten.

Marcella sprach davon, dass sie zehn Tage im Krankenhaus bleiben musste und diese Zeit einzig durch das Familienzimmer, das sie dann ab dem vierten Tag mit Sohn und Mann teilte, für sie auszuhalten war. Sie schilderte, wie sie ihren Körper neu kennenlernte, ihren plötzlich leeren Bauch, der von den Operationen blutverschmiert und wund war, und wie sie oft in der Dusche geweint hatte, weil sie sich die Geburt des geliebten Kindes anders vorgestellt hatte. „Ich fühlte mich als Versagerin, weil ich Angst davor hatte, nie wieder ein Kind zu bekommen. Und weil ich mich vor einer weiteren Schwangerschaft so gefürchtet habe."

Endlich zu Hause war dann alles besser. Sie erholte sich körperlich und der Kleine gedieh prächtig. Auch das Stillen klappte. „Nicht zuletzt wegen meines Mannes. Der hat sich gleich schlau gemacht, wie das Kind am besten angelegt wird. Er hat ihn mir sogar gehalten, als ich noch zu schwach dafür war." Doch die Tränen blieben, erzählte sie mir. „Da wusste ich, dass ich etwas machen muss. Zum Glück gibt es viele tolle Leute, an die man sich wenden kann!" Sie fand eine Psychologin, die auf die Verarbeitung traumatischer Geburten spezialisiert ist, und machte ein Wochenendseminar bei ihr. „Dann kam der Punkt, da habe ich mich selbst wiedergefunden. Da habe ich all den verworrenen Ballast loslassen können und verstanden, dass mich eine verpatzte Geburt nicht zu einer schlechten Mutter macht. Und dass ich nicht schuld war daran!"

Wie Marcella jetzt vor mir saß – freudig, stark, in sich ruhend –, das freute mich sehr. Wenige Frauen trauen sich, Hilfe anzunehmen, wenn es ihnen nach einer Geburt schlecht geht. Ich teilte meine Gedanken mit ihr und sie lächelte nur und winkte ab: „Hätte ich nichts gemacht, wäre ich untergegangen, und das ging doch nicht! Ich habe ja meinen kleinen Amore!"

Schließlich, so fand ihre Geschichte ein Ende, seien sie und ihr Mann Ludwig trotz allem sicher gewesen, dass ein weiteres Kind zu ihnen wolle, und schwupps sei sie schwanger gewesen. „Und darum sitzen wir jetzt hier, liebe Margarete."

Wir unterhielten uns noch über einige allgemeine Dinge und ich beantwortete Fragen, die denen ihres Vaters gar nicht so unähnlich waren. Ich meinte, dass die relative Nähe zu einem Krankenhaus, in dem Fall zum Städtischen Krankenhaus, eine gute Voraussetzung sei. Im Notfall wären wir unter zehn Minuten dort. Meiner Erfahrung nach dient die Gewissheit einer Klinik im Umkreis einer gewissen Beruhigung, und die ist immer gut.

Schließlich verabschiedeten wir uns und machten ein Treffen für die Mitte ihrer Schwangerschaft aus.

Zwei Wochen später klingelte mein Handy. Ich musste ein paar Mal „Hallo" hineinsagen und wollte schon auflegen, bis ich doch ganz zart eine

Stimme hörte: „Ja, hallo. Margareta? Ich bin es. Albino! Papa von Marcella!"
Ich grüßte ihn freundlich, fragte, ob mit seiner Tochter alles in Ordnung sei.
„Jaja, Marcella geht es wunderbar, sie wird schon dick wie Maccheroni! Sie
isst aber auch viel Maccheroni. Ich wollte nur fragen ... Können Sie nicht
mitkommen und das Kind in einem Krankenhaus bekommen?"

Ich erklärte ihm, dass ich seit einigen Jahren Frauen bei ihrer Geburt
nur noch zu Hause betreute. Und gar keine Geburten im Krankenhaus
mehr. Meine Gründe nannte ich ihm auch. Was für mich besonders wichtig ist: Dass die Gebärenden in einer geschützten, vertrauten Atmosphäre
ohne willkürlichen Zeitdruck diesem natürlichen Geschehen seinen Lauf
lassen können.

Er fand meine Worte hochspannend und meinte, dass er es noch nie
unter diesen Aspekten betrachtet hätte. Dass das Wohlfühlen von Wichtig-
keit sei und auch, keinen Druck zu haben. Schließlich bedankte er sich für
das Gespräch und zögerte mit dem Auflegen. Ohne darüber nachzudenken
sagte ich: „Fragen Sie doch Ihre Tochter, vielleicht will sie, dass Sie bei meinem nächsten Besuch dabei sind."

Auch beim zweiten Besuch machte mir Albino die Türe auf. „Haben
Sie wieder den Löwen gehauen! Kommen Sie rein hier!"

Ich lächelte. Irgendwann brauche ich an irgendeiner Türe auch so einen Klopfer, beschloss ich in dem Moment.

Tatsächlich wollte Marcella ihren Vater bei unserem Gespräch dabei
haben. Dieser zückte gleich zu Beginn einige vollgeschriebene Zettel. Wir
gingen seine komplette Liste durch. Von ganz allgemeinen Fragen bis hin
zu speziellen Fragestellungen war alles dabei.

Plötzlich stand Albino auf, bedankte sich mit einer Verbeugung bei mir
und entschuldigte sich, er habe noch zu tun.

Marcella und ich plauderten noch ein bisschen und dann sagte sie unter
Tränen. „Ich glaube, er ist so fürsorglich, weil er krank ist ... Wirklich krank!
Er sagt mir nichts, nie sagt er was. Ich mache mir Sorgen!"

Wie sie darauf komme, wollte ich von Marcella wissen, und sie schüttelte nur den Kopf. Sie meinte, es zu spüren. Kleine Dinge würden sie immer wieder erschrecken lassen.

Einmal habe er zu ihr gesagt, dass etwas Schlimmes passieren werde
und er am Unglück der Familie schuld habe. Sie schluchzte. „Wenn sich
das nicht ernst anhört! Er war noch niemals so!" Sie solle sich jetzt nicht
verrückt machen, riet ich ihr.

Und genau in diesem Moment kam Albino mit einem Topf voll dampfender Nudeln zurück. Sie waren glänzend, tomatig und rochen einfach köstlich.

„Lasst es euch schmecken, Signoras! Buon appettito auch an das kleine Bauchbaby!"

Marcella lächelte bitter. „Siehst du? Das hat er jetzt extra in seinem Atelier gekocht für uns! Da stimmt doch etwas nicht."

Wir aßen beide eine riesige Portion der Pasta und Marcella war hin- und hergerissen zwischen Kopfschütteln und Lächeln, weil sie das Essen oder vielmehr die dadurch ausgedrückte Fürsorge sehr genoss. „Er behandelt mich immer noch wie seine Kleine, seine Celli, seine Lieblingstochter und ich habe ihn letztens so angeschrien ..."

Vom Drama um ihren Vater kamen wir zu ihrem Ehemann Ludwig, der ständig auf Geschäftsreise war. Auch das trieb ihr die Tränen in die Augen. „Ob er es überhaupt zur Geburt unseres Kindes schaffen wird? Er hat ja dich noch nicht einmal kennengelernt."

Gemeinsam mit Marcella ging ich verschiedene Optionen für die Geburt durch, fragte, wen sie sich wirklich dabei wünschte. Ihre Mutter sollte auf Leo aufpassen, die hätten einen guten Draht zueinander und dann müsste sie sich keine Gedanken um ihn machen und könnte sich voll und ganz auf das Gebären konzentrieren. Danach fiel ihr nichts mehr zu dem Thema ein.

Ich verabschiedete mich, nachdem wir einen neuen Termin ausgemacht hatten, bei dem Ludwig anwesend sein sollte.

Weil ich Albino noch Danke sagen wollte, fragte ich nach ihm und ließ mir zeigen, wo ich ihn finden könne. Sein Atelier befand sich in einer Art lichtdurchfluteter Gartenhütte aus Holz und Metall. Ich hatte bereits mitgekriegt, dass er und seine Frau angesehene bildende Künstler sind, die ihre Werke in Galerien auf der ganzen Welt ausstellen durften. Beide kamen mir sofort bekannt vor und eine kurze Internetrecherche ergab, wieso.

Neben einer winzigen Edelstahlküche in der Ecke, die alle Basics enthielt, hatte Marcellas Vater auch einige Bilder auf Staffeleien in dem großen Raum ausgestellt. „Ich arbeite mit einer Art Lebensmittelfarbe. Das sind meine beiden Passione: Essen und Malen!" erklärte er mir.

Im Kocheck hing von der Decke eine Schweinehaxe, eine zweite war in einer stehenden Prosciuttoschneidemaschine eingespannt, die mit ihrer roten Emaille aussah, als komme sie direkt aus den 1950er Jahren. Erst als ich direkt davorstand, konnte ich den typischen Schinkengeruch wahrnehmen. Albino grinste stolz und erklärte, dass das an der Art seiner Trocknung liege. „Keine ekelige Schweinegeruch!"

Insgeheim bewunderte ich sein ausgefallenes Refugium, diese Mischung von Kunst und Kulinarik. Schließlich versicherte ich ihm, dass ich noch nie derart köstliche Pasta gegessen hatte. Aus dem Bauch heraus sprach ich ihn auf Marcellas Befürchtungen an.

Albino schaute zu Boden, seine Schultern ließ er hängen, die Luft blies er aus seinen Backen. Zuerst kam nur Gestammel heraus und dann: „Ich bin schuld, dass etwas Schlimmes passieren wird! Das Glück der Familia wird zerstört. Ich kann nichts ändern."

Ich ermutigte ihn, mir mehr zu erzählen, wenn er wolle, und meinte, als Hebamme würde ich mich auch ein wenig mit anderen medizinischen Sachverhalten auskennen oder wüsste zumindest, welche Ärzte oder Krankenhäuser ich empfehlen würde. Doch er schüttelte nur den Kopf und sagte: „Es ist zu spät. Da kann man nichts mehr machen ... Das Schicksal ist besiegelt." Er drehte sich um und schnitt ein paar Scheiben Prosciutto von der eingespannten Wade. Stumm aßen wir von einer grauen Steinplatte.

Ich bekam diesen Besuch die nächsten Tage nicht mehr aus dem Kopf. Unter diesen Voraussetzungen konnte Marcella unmöglich die entspannte, selbstbestimmte Geburt gelingen, die sie sich sehnlichst wünschte. Ihr Kopf hing zu sehr in den Angelegenheiten ihrer Familie fest, fürchtete ich. Doch ohne zu wissen, was wirklich geschehen sei, konnte ich niemanden unterstützen oder helfen.

Das nächste Treffen bei Marcella kam und ich erkannte sie kaum wieder. Diese energiegeladene junge Frau war plötzlich einsilbig und in ihrem Gesicht hatten sich Sorgenfalten gebildet. Sogar die schöne dunkle Mähne war stumpf. Ich erklärte ihr, dass es so nicht weitergehen solle. Ehemann Ludwig, den ich nun endlich kennenlernte, fand dafür sogar noch härtere Worte. Der groß gewachsene Mann mit rotem Bart schnellte in die Höhe: „So, ich hole ihn jetzt!"

Fünf Minuten später war er mit einem ebenso verzagten Albino wieder an den Küchentisch zurückgekehrt. Dieser hatte wieder etwas gekocht. Minestrone alla Nonna, verkündete er. Wir alle aßen und danach sprachen wir über das Thema, das dieses Haus beherrschte. Albino wehrte sich vehement, mit der Sprache herauszurücken. Marcella warf ihm vor, dass er das nicht machen könne, und auch seine Frau, ihre Mutter, unter diesem

Verhalten leiden würde. Albino stand auf und ging. Ich beschloss, ihm zu folgen. Er ließ sich in seinem Atelier auf einen großen dunkelbraunen Ledersessel fallen. Ich setzte mich ihm gegenüber auf einen geflochtenen weißen Sessel, der dabei leise knackste.

„Margareta, du wirst mich nicht lockerlassen ... Da habe ich recht, oder?" Ich nickte und er begann zu erzählen. Ich hatte mit einer komplett anderen Geschichte gerechnet und war über Albinos Schilderungen sehr erstaunt.

Er redete von seinem Vater, der als junger Mann nach dem Krieg einige Zeit auf Capri verbracht hatte. Seine besten Freunde Ennio, Vito und er wollten nach den Schrecken der 1940er Jahre die schönen Seiten des Lebens kennenlernen, und so heuerten sie als Küchenhilfen in einem großen Restaurant an. In all dieser Freude, der Leichtigkeit langer Sommertage, lernte Albinos Vater eines Tages eine junge Deutsche kennen. Hedy. Sie blieb mit ihren Eltern zwei lange Monate auf Urlaub und sah aus wie eine blonde, ganz junge Sophia Loren. Mindestens so viel Feuer hatte sie und mindestens so gerne wie der Filmstar aß sie Pasta, erzählte mir Albino lebhaft, als würde ich die Geschichte aus dem Mund seines Vaters hören.

Dann führte er weiter aus: „Doch du weißt, es ist keine Happy End gekommen. Sie waren verliebt, aber dann musste sie abreisen." Beide seien sehr traurig gewesen beim Abschied und schworen sich ewige „Amore" und dass sie sich spätestens im nächsten Jahr wiedersehen würden.

Doch dazu kam es nicht. Albinos Vater musste zurückkehren in sein Heimatdorf, um seine kranke Mutter zu unterstützen. Diese war mit der Arbeit in der kleinen Obst-und Gemüsehandlung mittlerweile überfordert.

Die Monate vergingen. Am Ende des nächsten Sommers stand Hedy vor Albinos Vater. Er erstarrte beim Abladen einer Kiste Pfirsiche von seiner Vespa. Mittlerweile hatte er geheiratet. Francesca, seine Freundin aus Kindheitstagen, die mit ihm nun das kleine Geschäft betrieb. Zart wölbte sich Francescas Bauch schon unter dem dünnen, mit Blumen gemusterten Kleid, als sie Äpfel und Weintrauben und Zucchini im Laden auspackte und beim Fenster drapierte.

Hedy sagte kein Wort. Albinos Vater sagte kein Wort.

Sie schauten sich an und standen im Regen. Albinos Vater hielt noch immer die Kiste voller reifer Pfirsiche. Dann beutelte es Hedy heftig. Die Tränen rannen in Bächen ihre blassen Wangen hinab und ein Schauer durchfuhr ihn, als würde er ihren Schmerz am eigenen Leib spüren. Er ließ die Kiste fallen, klaubte schnell die Früchte wieder auf, und als er hochsah, da war Hedy weg.

Mir stockte der Atem: „Albino, was ist dann passiert?"

Er erhob sich aus seinem Sessel und schritt elegant zum Fenster. Dort holte er mit seiner Hand aus, deutete die Weite an: „Dann war sie weg und sie haben sich nie mehr wiedergesehen. Nie wieder!"

Ich erinnerte mich daran, dass Albino mir das alles aus einem speziellen Grund erzählen wollte, und fragte nach, was das nun mit ihm und seinem Zustand zu tun habe.

Er ließ sich nicht hetzen. „Nun, im folgenden Frühling bin ich auf die Welt gekommen! Meine Mutter lag ganze drei Tage und drei Nächte in den Wehen. Sie war erschöpft. Sie war müde. Sie war krank, als es endlich zur Geburt kommen sollte. Dann kam kein Arzt, dann kam keine Hebamme. Sie war ganz allein, weil mein Papa ihr auch nicht helfen konnte."

Ich dachte mir, ui, Erstgebärende, das kann sich ziehen, aber sie darf doch nicht so lange allein gelassen werden, sie hat sicher Angst gehabt, dass etwas nicht stimmt, die Arme!

Albino erzählte, dass er über 4,5 Kilo gewogen habe und ein Riese gewesen sei. Mit strohblonden Haaren und einem kreuzförmigen Muttermal auf der linken Pobacke. Als sein Vater das gesehen habe, habe er gewusst, dass Hedy ihn verflucht hatte.

Francesca habe sich schließlich gut von der Geburt erholt, aber Albinos Vater habe den Schreck fürs Leben behalten und wollte keine weiteren Kinder. Er fand es – wegen des Fluchs – zu riskant, dass etwas Schlimmes mit Frau oder Kind passieren würde. „Margareta, dasselbe ist gewesen, als Marcella geboren wurde. Auch sie war groß, ein Riese! Ihre Mama hat sie in zwei Stunden bekommen, aber was hätte alles sein können, na und dann auch dieses Mal an die Popo, gleiche Mal von Kreuz!"

Und als schließlich Marcella bei der Geburt ihres kleinen Sohnes ernste Komplikationen erlitt, war alles für Albino klar: „Der Fluch, er ist weitergegangen, zur nächsten Generation gesprungen. Ich habe meine alte Papa nie geglaubt, dass gibt diese Fluch und böse Geister, ich bin nicht abergläubisch. Doch, er hatte recht! Auch Leo trägt das Mal, dieses verfluchte Kreuz auf seinem Popo." Wie Albino ausführte, war es ganz klar, dass Marcella so ein Riesenbaby niemals daheim, noch dazu mit einer Kaiserschnittnarbe, die jeden Moment komplett auseinanderreißen würde, wie er es sehr bildlich formulierte, bekommen könnte.

Ich ließ diese traurige Geschichte, den Fluch und all seine Informationen kurz sacken. Was man einem besorgten Opa erklären soll, der Angst hat, dass sich bei der Geburt seines Enkels ein alter Familienfluch in Form eines Blutbades manifestieren könnte, das hatte ich definitiv nicht im Hebammenstudium gelernt.

Mir fiel nichts Besseres ein, als mich zu vergewissern, dass es ihm sonst gut gehe und ihm zu raten, die Geschichte seiner Familie zu erzählen, denn alle würden sich schreckliche Sorgen machen – um ihn!

Das tat er dann im Laufe der nächsten Tage und Marcella war derart erleichtert, dass sie mich sogar anrief und berichtete, dass es ihrem Vater gut gehe und keine Krankheit hinter seiner „Spinnerei" stecke. „Übrigens spüre ich schon jeden Abend ein regelmäßiges Ziehen im Rücken. Zwei, drei Stunden lang und dann ist es vorbei. Es fühlt sich gut an, wie ein kleiner Vorgeschmack auf die Geburt."

Sie zählte auf, was sie alles machte: Himbeerblättertee trinken, Heublumendampfbäder und Sex mit Ludwig, der alle Geschäftsreisen abgesagt hatte. Das Baby könne nun nämlich jederzeit kommen.

Und so war es dann auch. In der Nacht zum errechneten Geburtstermin wurden Marcellas Wehen stark und regelmäßig. Ich schlich mich um etwa zwei Uhr früh ins Haus. Alle schliefen, nur Ludwig und Marcella, die mich in der Badewanne liegend begrüßte, nicht. Sie atmete regelmäßig und tief die Wehen weg. Als ich sie zum ersten Mal untersuchte, war ihr Muttermund schon zur Hälfte geweitet. Zwei Stunden ging sie im zweiten Geschoss des Hauses herum, das sie mit ihrer kleinen Familie bewohnte. Immer wieder hielt sie inne. Umfing einen Gymnastikball oder suchte an der Couchlehne Halt.

Mit einem Schwall platzte die Fruchtblase und der Geburtsvorgang wurde intensiv. Marcella war ganz in sich gewandt. Mit geschlossenen Augen begegnete sie den Wehen. Ludwig wich nicht von ihrer Seite.

Sie konnte keine Berührungen am schweißnassen Körper ertragen, doch nahm sie gerne Wasser oder feuchte Lappen von ihm entgegen.

Alles war gut und die Herztöne des Kindes regelmäßig.

Langsam ging die Sonne in einem golden-roten Ton auf, zuerst war sie nur ein kleiner Tupf. Ich untersuchte Marcella noch einmal und merkte, dass sich eine Muttermundslippe zwischen dem Kopf des Kindes und dem Schambein eingezwickt hatte. Ich erklärte, dass ich den Muttermund bei der nächsten Wehe ein wenig wegschieben würde, was sich unangenehm anfühlen könne. Marcella drückte und ich schob die Lippe weg, was den Kopf des Babys gleich weiter nach unten rutschen ließ. Marcella wurde langsam laut, der Pressdrang war da. Jetzt wollte sie zur Geburt in den Pool steigen, den Ludwig und ich schon vorbereitet hatten. Plötzlich hörte ich Stimmen. Ich bedeutete Ludwig, dass ich gleich wieder da wäre.

Vor der Tür standen Albino und Lucia. Weiß wie die Wand. Beide hatten sie ihre Pyjamas an und sein Bart war ein wenig verstrubbelt. „Was ist da drinnen los?", fragten sie unisono. Ich beruhigte sie und sagte ganz ruhig, dass Marcella nun ihr Kind bekommen würde. Freude und Entsetzen in beiden Gesichtern. „Brauchen wir einen Krankenwagen?" fragte Albino. Ich lächelte: „Dafür ist es längst zu spät." Ich bat sie darum, still zu sein, und öffnete die Türe. „Bleibt ganz leise hier stehen und schaut einfach zu!' Das war zwar riskant, denn Marcella durfte nicht gestört werden, doch zum Glück hielten sie sich an meine Anweisungen.

Je mehr Zeit verging, desto freudiger wurden die Gesichter der beiden Großeltern. Sie strahlten richtig. Vor Stolz über ihre Tochter, die diesen natürlichen Vorgang der Geburt alleine meisterte. Und kaum 20 Minuten später gebar Marcella ihr Baby in Ludwigs und ihre Hände. Ich hob es sanft aus dem Wasser und legte den Buben auf ihre Brust.

Nun kam auch Leo dazu. Zusammen mit Nonna und Nonno stand er in der Tür. Marcella hatte ihre Familie entdeckt und winkte sie alle zu sich. „Schaut mal den kleinen Kerl an. Ich finde, er sieht aus wie ein Albino!"

Viel später, als ich ihn wog, bemerkten wir alle, dass er ganz und gar nicht klein war. 4.500 Gramm und 56 cm. Dieselben Maße wie sein Opa. Wir stießen mit Prosecco an und es wurde viel gelacht an diesem Tag.

Marcella umarmte mich mehrmals, drückte mir Küsse auf die Wangen und dankte mir, dass ich ihr diese schöne, selbstbestimmte Geburt ermöglicht hatte. Ich spürte, dass sich das Trauma der ersten Geburt aufgelöst hatte – und zwar nicht nur bei Marcella, sondern bei ihrer ganzen Familie. Ein paar Mal schlich sich der große Albino an den kleinen Albino ran, um unter der Stoffwindel nach dem Muttermal zu schauen. Doch Marcella klopfte ihm lachend auf die Hände.

Nach einem ausgiebigen Frühstück sprach ich noch kurz mit Albino. „Ich glaube, der Fluch ist durchbrochen", sagte ich. „Nicht, dass ich mich mit solchen Dingen gut auskenne, aber nach dem, was heute passiert ist …" Er nickte zufrieden. „Si, certo. Ich danke dir, Margareta, von ganzem Herzen! DAS hat unsere ganze Familie gut getan!"

Als wir am Tag danach beim Hausbesuch den Plazentabdruck machten, den sich Marcella gewünscht hatte, schaute Albino aufmerksam zu. Er murmelte etwas davon, wie schön man gewisse Innerereien vom Schwein dafür verwenden könne, die sonst als Abfall im Mistkübel landen würden.

Ein paar Jahre später hingen seine „schweinischen Organstempeleien" tatsächlich im Museum für moderne Kunst.

ANGELIKA

Angelika bestand darauf, einen der Hausbesuche in ein typisches
Wiener Kaffeehaus bei reichhaltigem Frühstück zu verlegen.

Durch meine Arbeit als Hebamme bekomme ich nicht nur sehr viel vom Leben der Familien mit, die ich betreue, sondern speziell auch von ihrer Liebesbeziehung. Immerhin landet das fleischgewordene Produkt zu Ende der Schwangerschaften, die ich begleite, meist in meinen Armen.

An eine Geschichte erinnere ich mich oft. Sie hat mich tief berührt und einiges im Umgang mit anderen gelehrt. Dass nicht immer alles ist, wie es scheint zum Beispiel, und dass man einen Menschen niemals aufgeben sollte.

Angelika und ihr Mann Georg kannten und mochten einander buchstäblich seit dem Sandkasten. Als Kinder wohnten sie nicht nur in derselben Reihenhaussiedlung, sondern auch Garten an Garten in einer kleinen Stadt in Niederösterreich, umgeben von Hügeln, neben einem See und Apfelbäumen. Sie sahen sich in der Schule, nach der Schule und beim Sportverein. Kurz: Angelika und Georg sind unzertrennlich miteinander verbunden, das habe ich gleich gespürt.

Er erzählte mir schon bei unserem ersten Treffen: „Als ich Angie für den Abschlussball abgeholt habe und sie da auf der Treppe stand, in ihrem wunderschönen Kleid, mit den gesteckten Haaren, da hab' ich gewusst, es ist Liebe. Davor hab' ich immer sehr geschwärmt für sie, aber von dem Moment an, da ist es Liebe gewesen." Beide wollten nach der Matura Gymnasiallehrer werden und gingen zusammen für die Ausbildung nach Wien.

In ein paar Jahren, so versicherten mir beide, würden sie mit ihrem Kind wieder in den Heimatort zurückkehren, dort ein Haus bauen („Mit roten Fensterläden", malte es sich Angelika aus und Georg fügte hinzu: „In der Nähe vom Fußballplatz!") und friedlich leben, bis sie „alt und grau" seien, wie beide lachend hinzufügten.

An ihrem 28. Geburtstag merkte Angelika, dass sie schwanger war, und keine zwei Wochen später rief sie mich an. Das Handy stellte sie nach den Begrüßungsformeln auf Lautsprecher und Georg hörte mit. Die beiden ergänzten immer wieder die Sätze des anderen, in einer derart selbstverständlichen Art, als würden sie ein Skript ablesen. Ich war sehr gespannt, dieses herzig erscheinende Paar persönlich kennenzulernen.

Beide standen in der Tür, als ich die Treppen des Neubaus anlässlich des Kennenlernbesuches hinaufkam. Sie trugen die gleichen Filzpatschen mit eingestickten Herzchen und lächelten. Ihre Dreizimmerwohnung war hell, in Erdtönen eingerichtet und penibel sauber. Kein Fleck war am weißen Teppich zu sehen, keine Verfärbung an den Vorhängen. Sogar jedes Haar auf Angies Kopf schien artig der herrschenden Ordnung zu gehorchen. Wir setzten uns zum Esstisch, auf dem drei Kuchen angerichtet standen. Ein Gugelhupf und zwei Arten Fruchtschnitten.

Angelika war nervös, zitterte ein bisschen und meinte dann: „Ich wusste einfach nicht, was du magst ... Deswegen hab' ich die drei Mehlspeisen gemacht. Ich will, dass alles perfekt ist!"

Ihre große Mühe war mir unangenehm, doch ich erlebte es öfter, dass Schwangere, die ich zu einem ersten Info-Gespräch traf, aufgeregt waren. Daher fand ich die große Auswahl zwar ein wenig übertrieben, aber auch charmant.

Ich stellte Angie, wie sie genannt werden wollte, gleich ein paar Fragen zu ihrer Schwangerschaft und das half, sie lockerer werden zu lassen. Währenddessen aß ich den Zwetschgenfleck. Er war wirklich saftig. Dazu antwortete ich auf ihre ersten zaghaften Fragen zu Geburten daheim.

Georg hatte sich Stichworte notiert. Bald sprach er den Bluthochdruck seiner Frau an, der sie seit Jugendtagen dazu zwang, Medikamente zu nehmen. Beide waren darum sehr besorgt, dass es in der Schwangerschaft zu Problemen kommen könnte, die sich nicht so einfach in den Griff kriegen ließen wie in ihrem normalen Alltag.

Angie seufzte mit dem Blick auf ihren Bauch gerichtet: „Ich hab' sooo viel gelesen." Sie sah dabei ganz verzagt aus: „Was da alles passieren kann!" Ich mutmaßte, dass sie ihr Wissen aus dem Internet bezog, und lag richtig. Darum riet ich ihr eindringlich, den Spruch „Don't google with a Kugel!" zu beherzigen, und schrieb ihr eine Buchempfehlung sowie die Nummer einer exzellenten Internistin auf, die sich mit der Betreuung von Bluthochdruck in der Schwangerschaft einen Namen gemacht hatte. Angie konnte schon wieder lächeln, während sie die Kuchenbrösel mit einem Handgerät vom Tisch saugte.

Zum Abschied an diesem Tag verabredeten wir, dass die beiden mich in den nächsten Wochen anrufen sollten, um mir Bescheid zu geben, ob ich die Geburt ihres Kindes zu Hause begleiten solle. Doch bereits wenige Tage nach unserem Treffen meldeten sich die zwei – wieder via Lautsprecher von Angelikas Handy aus – bei mir. Freudig lachend fragten sie mich gleichzeitig, ob ich denn ihre Hebamme sein wolle. „Ja", sagte ich und freute mich auch. Trotzdem wollte ich noch genau wissen, was denn den Anstoß für diese schnelle Entscheidung gegeben hätte.

Angelika war sich während unseres Erstgespräches aufgrund ihrer Bluthochdruck-Problematik sehr unsicher gewesen, ob eine Geburt zu

Hause wirklich für sie in Frage käme oder ob das Kind und sie in einer Klinik besser aufgehoben wären. Für mich stand ihrer Absicht, eine Hausgeburt anzustreben, unter der Voraussetzung einer regelmäßigen eigenen Blutdruckkontrolle und der Überwachung durch einen Facharzt nichts im Wege. Angelika meinte nur, dass sie bereits einen Termin mit der von mir empfohlenen Internistin ausgemacht habe und sich strikt an die Vorgaben ihres Ernährungsplans hielt, sich außerdem regelmäßig bewegte und sich von Kopf bis Fuß wohl fühlte.

Ich beschloss, am Telefon nicht näher auf das Thema einzugehen und mir beim nächsten Hausbesuch einen genaueren Eindruck zu verschaffen.

In den Wochen bis dahin meldete sich Angelika immer wieder bei mir, um mich Dinge zu fragen, die sie beschäftigten. Mal ging es darum, ob sie in ein öffentliches Bad schwimmen gehen dürfe, mal um die richtigen Stilleinlagen nach der Geburt. Dann wieder wurde sie konkreter und wollte wissen, welche möglichen Gründe es geben könnte, um eine Hausgeburt abzubrechen und ins Krankenhaus fahren zu müssen. Ich beantwortete ihr alles, was sie wissen wollte, sehr ausführlich und geduldig. Froh war ich, dass sie anscheinend das Googeln wirklich sein ließ.

Da es beide nicht störte, brachte ich zum nächsten Hausbesuch bei Angelika und Georg die Hebammenschülerin Kira mit. Es kommt immer wieder vor, dass mich interessierte angehende Hebammen kontaktieren, um mich bei meiner täglichen Arbeit zu begleiten. In den letzten Jahren hat sich das Interesse für außerklinische Geburtshilfe stark gesteigert und ich bin gerne hilfreich. Der Nachwuchs muss sein Wissen schließlich irgendwoher bekommen.

Kira war bereits im letzten Drittel ihrer Ausbildung und eine sehr gewissenhafte junge Frau, die alle Infos, die sie durch die Besuche bekam, aufsog und später umfassend in ein Heft notierte. Ihre schlanke, große Statur und die schwarzen, kurzen Haare waren auffallend. Von der Persönlichkeit her war sie ruhig und wirkte auch sehr beruhigend auf die Familien. Wenn sie etwas sagte, dann war es auf den Punkt gebracht. Ob es nun um eine lustige Feststellung oder eine wichtige Anmerkung ging: Sie war ein beliebter Gast bei den von mir betreuten Familien.

Auch Angelika und Georg wurden gleich mit Kira warm. Die Schülerin blieb im Hintergrund, als wir zuerst gemeinsam den Anmeldezettel ausfüllten, ich mir den Mutter-Kind-Pass ansah, dessen Daten inklusive der mütterlichen Blutdruckwerte keine Auffälligkeiten enthielten, und ich schließlich Angelikas Bauch abtastete. Als ich fertig war, fragte Kira, ob es in Ordnung sei, wenn auch sie mit dem Hörrohr die Herztöne des Kindes suchte.

Angelika nickte. Kira hatte mir sehr gut zugesehen und fand auf Anhieb eine Stelle, von der aus sie das kindliche Herz schlagen hören konnte. Sie lächelte Angelika an, die sich bei der Untersuchung durch die Schülerin bestens entspannte. „Was für ein schönes Geräusch, dieses Galoppieren, wie sich das Schlagen des Herzens anhört. Danke Angelika!", sagte Kira, als sie mit dem Abhören geendet hatte.

Plötzlich wurde Angelika traurig, die Tränen stiegen ihr in die Augen: „Wenn es nur ein gesundes Herz ist. Nicht so wie bei mir, die ich immer auf den Blutdruck achten muss." Kira schaute sie lange an, drückte ihre im Schoß gefalteten Hände und ließ sie fertigschluchzen.

„Angelika, ich glaube, ich habe eine Idee. Weißt du, früher habe ich starke Probleme mit der Konzentration gehabt. Mir haben zielgerichtetes Meditieren und eine gewisse Abfolge von Yoga-Übungen sehr geholfen. Ich kann mir vorstellen, dass das auch für dich gut ist. Margarete hat mir schon davon erzählt, dass du unter deinem hohen Blutdruck seit langem zu leiden hast. Mein Vorschlag: Ich komme einmal die Woche vorbei und wir machen diese Übungen gemeinsam. Ich zeige dir, wie sie funktionieren, und du schaust, ob sie dir guttun. Was sagst du dazu?" Angelika strahlte vor Freude und sie war Kira für diesen Vorschlag überaus dankbar.

Nach dem Hausbesuch meinte ich zu Kira, dass ich es sehr nett von ihr fände, dass sie einmal die Woche mit Angelika Übungen zur Entspannung machen wolle. „Margarete, ich weiß, das ist ungewöhnlich und eine große Verantwortung. Aber ich habe bemerkt, dass du ihre Blutdruckwerte im Pass sehr genau angeschaut hast und die in Ordnung sein müssen. Weil du sonst sicher etwas gesagt hättest. Also habe ich mir gedacht, vielleicht ist das auch ein bisschen vom Kopf her, diese Blutdruckpanik, und Angelika braucht womöglich ein bisschen mehr Zuwendung. Mir hat das damals auch sehr geholfen, dass sich jemand die Zeit genommen hat, mir diese Art der Entspannung zu zeigen. Ich will es gerne zurückgeben. Ich übe selber immer wieder, also wieso nicht mit ihr. Wenn dir das recht ist."

Das war es. Ich sah es genauso und vermutete, dass der werdenden Mutter positiver Zuspruch und emotionale Unterstützung fehlten. Angelika hatte lange ein Leben geführt, das exakt wie jenes ihres Mannes Georg gewesen war. Von der Schulzeit über das Studium bis hin zur Arbeit. Jetzt auf einmal war alles anders. Sie allein trug das gemeinsame Kind in sich und erlebte stetige Veränderungen – körperlich wie emotional. So sehr Georg sich bemühte, mitfühlend zu sein, und das war er wirklich, er erlebte nicht genau dasselbe wie seine Frau.

Ich dankte Kira für ihre Einschätzung und den persönlichen Einsatz, der daraus in der nächsten Zeit resultieren würde.

In den Wochen bis zum nächsten Hausbesuch hielt mich Kira auf dem Laufenden, wie es Angelika und dem Kind ging. Die Entspannungsübungen schlugen an. Die werdende Mutter selbst meldete sich kein einziges Mal mit einer Frage bei mir. Als ich sie anrief, erfuhr ich von ihr, dass auch der Termin bei der Internistin gut verlaufen sei und der Blutdruck ideal passe. Als ich zum nächsten Hausbesuch kam, schien mir Angelika gelöst zu sein, wie von einer Last befreit. Mein Eindruck bestätigte sich, als sie mir fast entschuldigend erklärte, sie habe eine Weile gebraucht, sich auf die neue Situation einzustellen. Ich versicherte ihr, sie sei nicht die erste und einzige Frau, die von den Aspekten einer Schwangerschaft überwältigt sei, und dass ich schon ganz andere Ausprägungen erlebt hätte.

Fünf Tage nach dem errechneten Geburtstermin kam ich zu einem Hausbesuch vorbei. Langsam wollten wir eine weitere Vorgehensweise besprechen, falls sich das Kind in Angelikas Bauch noch mehr Zeit ließe. Generell können meine Frauen bis 14 Tage nach dem Geburtstermin zu Hause warten und dann entscheiden wir individuell, wie es weitergeht.

Doch schon an der Wohnungstür angekommen, wusste ich, das Kind würde nicht mehr lange auf sich warten lassen. Georg stand allein im Vorraum, dort, wo mich sonst immer beide willkommen geheißen hatten. Er entschuldigte sich und meinte, dass Angie Rückenschmerzen habe und sich auf der Couch ausruhe. Was beiden wie ein Zwicken im Kreuz unter der Last des großen Bauches erschien, waren bereits Wehen. Angie veratmete diese auch recht schön, obwohl sie dachte, gegen einen Rückenschmerz anzugehen.

Ich hörte die Herztöne des Kindes ab und maß den Blutdruck. Es war alles in bester Ordnung. So schickte ich Georg ins Bad, um die Wanne einzulassen. Oft tut es der Frau sehr gut, zumindest am Beginn einer Geburt im Wasser zu entspannen. Das dämpft das Ziehen der Wehen und kann zu einer weniger anstrengenden Öffnung des Muttermundes führen.

Angie genoss das Bad und nickte in den Wehenpausen immer wieder ein. Ich hatte das schon einige Male beobachtet: Wenn die Frau mit dem, was ihr Körper in dieser Extremsituation einer Geburt macht, im Einklang ist, dann fällt sie zwischendurch fast in eine Art Trancezustand, während dem sie sich hervorragend Kräfte sparen kann.

Nach einiger Zeit untersuchte ich Angelikas Muttermund. Wie ich erwartet hatte, war dieser schon sechs Zentimeter geöffnet. Angie bat mich, Kira Bescheid zu sagen, die sie bei der Geburt auch dabeihaben wollte. Das machte ich.

Als Angie aus der Badewanne stieg, platzte ihr die Fruchtblase. Von da an wurde die Situation sehr fordernd für die junge Frau. Sie fand kaum eine Position, in der sie länger bleiben wollte, noch die Ruhe, sich während der Pausen zu entspannen. Die Schnelligkeit des Geburtsprozesses, kürzere Wehenabstände und intensiveres Ziehen, das Richtung Endspurt deutete, überforderten sie.

Diese Geburtsphase ist der sogenannte Übergang. Ich finde das Wort passend, denn die Schwangere wird übergeleitet zur Mutterschaft. Manch eine Frau meint danach, es fühle sich an wie der Moment, bevor man von einer Klippe springt, eine Sekunde, bevor alles losgelassen wird und der Schritt in die Ungewissheit, ins Urvertrauen erfolgt.

Als Kira zu uns stieß, musste sie erst einmal Georg beruhigen, der sich nutzlos vorkam und mit seiner Frau mitlitt. Er war hochrot im Gesicht und schweißgebadet, seine Haare klebten an seinem Kopf und die Brille beschlug alle fünf Minuten aufs Neue, bis er sie endlich absetzte. Angie brachte Kira ein angestrengtes Lächeln entgegen, als sie ihre Anwesenheit bemerkte, und sagte dann etwas sehr Bezeichnendes für diese Stufe der Geburt: „Da habe ich mich schwer getan, dieses so gewollte Kind und die Schwangerschaft anzunehmen, und jetzt bin ich noch nicht bereit, es loszulassen. Das gibt es ja nicht, wie verrückt bin ich denn eigentlich?"

Das ist ein häufiges Vorkommnis. Neben den körperlichen Vorgängen bei einer Geburt passiert auch Vieles auf psychischer Ebene, und diese beiden Faktoren beeinflussen einander stark. Bei einer Mutter, die noch nicht ganz für ihre neue Rolle bereit ist, kann das Gebären darum schon ein bisschen länger dauern.

Kira begann, mit Angelika zu atmen, ich hörte die Herztöne ab und kontrollierte einmal mehr den Blutdruck. Alles war in bester Ordnung. Nach einiger Zeit war Angie so vertieft ins Atmen, dass sie richtig laut und tief losröhrte, was sie sichtlich entspannte. Sie ging ein wenig hin und her, stützte sich unter einer Wehe auf die Couchlehne oder hängte sich an

Georgs Oberkörper in der tiefen Hocke. Das ging eine Weile in diesem Rhythmus weiter.

Plötzlich klingelte es an der Wohnungstür. Da eindeutig keiner der beiden Wohnungseigentümer in der Lage war, hinzugehen, übernahm ich das. Ich schaute durch den Spion. Polizisten.

Als ich die Tür öffnete, blickte ich in zwei ernste Gesichter. Der jüngere von den beiden Uniformierten sagte ohne Umschweife: „Es wurden Schreie aus dieser Wohnung gehört, was können Sie uns dazu sagen? Die Nachbarn haben sich bei uns gemeldet."

Ein bisschen musste ich grinsen. Ich wusste ja, was los war. Der ältere Polizist, der einen dunklen Schnauzbart hatte, setzte noch eins drauf: „Na, was geht hier vor?"

Sofort beeilte ich mich, die Situation aufzuklären: „In dieser Wohnung findet gerade eine Hausgeburt statt. Unter professioneller Aufsicht. Ich bin die Hebamme!" Von beiden Polizisten hörte ich sekundenlang nicht mehr als ein „Oh!".

Ich konnte gut verstehen, dass sie damit wohl nicht gerechnet hatten. Sie lugten um die Ecke und mussten Angelika erblickt haben, denn ihre Gesichter verzerrten sich plötzlich schmerzlich. Der jüngere der beiden Polizisten schaute mich ernst an und fragte: „Kömma Ihnen vielleicht helfen?" Ich dankte ihm und lehnte freundlich ab. Auf Nachfrage versicherte ich ihm, dass alles normal ablaufen würde. Kurz überlegte ich, den Scherz zu machen, dass er eine Pizza bringen könne. Doch stattdessen lobte ich die Nachbarn: „Immer gut, wenn jemand die Ohren offen hat, oder? Man weiß ja nicht, wann wirklich etwas passiert!"

Der ältere Beamte entschuldigte sich für die Störung, wünschte alles Gute und zuckte bei Angelikas Röhren noch einmal ordentlich zusammen. Dann meinte er schließlich: „Seit diesem ‚50 Shades Of Grey‘, ich sag Ihnen, da glauben‘s ja gar nicht, auf was für Ideen die Leut‘ kommen. Wiederschauen, danke!"

Diese kurze Ablenkung meiner Aufmerksamkeit hatte Angelika gutgetan. Sie war mittlerweile am Boden auf einer rutschfesten Matte auf allen Vieren angelangt, einer Position, die ihr angenehm war. Ihre Scheide war schon so geweitet, dass mit der nächsten Wehe der Kopf des Kindes erscheinen würde. Und tatsächlich, ich sah einen dunklen Flaum, und einige Minuten später war der ganze Kopf geboren. Angelika freute sich und bestand darauf, ihn gleich zu sehen. Also machte ich ein Foto und führte dann ihre Hand zum Haupt des Kindes. Das weckte ihren Ehrgeiz, und nach nur einer weiteren Wehe wurde der kleine Bub, ganz sachte, in diese Welt geboren. Er glitt in Kiras Hände, die vor Rührung ihre Tränen nicht einmal zu schlucken versuchte.

Georg half seiner Frau, sich bequem auf die Couch zu setzen, und dann legte ihr Kira den Kleinen auf den Bauch. Es folgte die bekannte kurze Atempause, in der die Welt stillsteht.

Dann versorgte ich Angies Wunden und machte zwei kleine Stiche, weil sie das lieber wollte, als die Haut einfach von selbst heilen zu lassen.

Kira hatte bereits alle Spuren der Geburt beseitigt, da war noch nicht einmal die Nabelschnur durchtrennt. „Und, wie soll er heißen, der Kleine?", fragte ich Angelika und Georg. „Christian Georg, nach unseren Vätern! Ein würdiger ältester Bruder für einen Clan von vier, fünf, sechs kleinen Gschrappen", grinsten die beiden.

Das hatte ich auch noch nicht oft erlebt: Eine Frau, die sich schon Minuten nach der ersten Geburt lachend weitere Kinder vorstellte. Ob des Namens musste ich in mich hineinschmunzeln. Also hatte das alles hier doch ein bisschen von den „50 Shades ...".

Die ersten Tage des Wochenbettes verliefen ganz normal. Es drehte sich bei meinen Besuchen der glücklichen kleinen Familie alles um Babygewicht, Nabel, Stillen, Baden und eben jene anderen Dinge, die nach der Geburt des ersten Kindes interessant sind. Doch als ich am fünften Tag zu Angelika kam, war sie wie ausgewechselt. Dicke Tränen rollten ihre Wangen hinunter, als sie mich sah. Tiefe Augenringe zeigten mir nicht nur eine schlaflose Nacht an.

„Na, hat er viel geweint?", fragte ich sie. Doch Angie schüttelte den Kopf, schluchzte. „Alles klar", dachte ich, „das sieht mir nach Babyblues und Heultagen aus."

Diese häufig vorkommende Verstimmung wird auf den rapiden Hormonabfall nach der Geburt eines Kindes zurückgeführt. Der Körper der Frau muss sich erst auf die neue Situation – wieder allein, aber mit Säugling, der von der Milch lebt – einstellen. Das macht vielen Frauen zu schaffen.

Oft vergeht der Zustand nach ein paar Tagen von selbst, sobald sich der mütterliche Körper an die Situation gewöhnt hat. In manchen Fällen entwickelt die Mutter nach der Geburt ihres Kindes aber etwas Schwerwiegenderes, nämlich eine Depression. Einige Tipps und Tricks hatte ich mittlerweile gelernt, wie ich einer Frau im seelischen Ungleichgewicht begegnen sollte. Ich sprach Angelika sachte auf das Thema an: „Weißt du Angie, nach einer derartigen Umstellung ist es oft so, dass Frauen ein paar Tage nach der Geburt eine Wochenbettdepression entwickeln. Das kommt viel häufiger vor, als du denkst ...‟

Doch sie wehrte gleich ab: „Nein, Margarete, das ist nicht das Problem. Im Gegenteil. Es ist die Liebe, die mir zu schaffen macht. Ja, ich habe mich verliebt. In Kira!‟

Ich schaute Angelika überrascht an. Eine Wöchnerin, die sich in eine Hebammenschülerin verliebte, das hatte ich auch noch nicht erlebt. Ich fragte Angie, ob sie sicher sei, dass sie nicht vielleicht nur ganz viel Freundschaft, Sympathie und Dankbarkeit für Kira empfinde. „Nein, das ist wirklich mehr. Ich habe mich in sie verliebt und weiß jetzt, dass ich mit ihr zusammen sein will. Georg weiß auch schon Bescheid.‟ Er nickte traurig. Ihr Mann hatte die ganze Zeit neben uns gesessen, hatte den kleinen Christian gewickelt, angezogen und gestreichelt.

Diese Neuigkeiten musste auch ich erst einmal wirken lassen. Natürlich nahm ich Angie sehr ernst in ihren Gefühlen, aber irgendwie kam mir das alles trotzdem seltsam vor. Und als ich am Abend noch einmal darüber nachdachte, wusste ich auch, was mich an der Geschichte irritierte: Die Wohnung! War davor bei jedem Besuch alles penibel sauber gewesen, hatte jede noch so kleine Figur einen eigenen Platz im Regal gehabt, waren auch immer dieselben drei Bücher an genau derselben Stelle am Couchtisch zu finden gewesen (ich erinnere mich daran, dass sie die besagten drei Bände kurz nach der Geburt ihres Kindes mit geübten Fingern Buchrücken an Tischrand legte, weil sie sich verschoben hatten), so herrschte jetzt das Chaos. Die Bücher lagen am Boden, einige Stoffwindeln daneben, und sogar Angies sonst immer perfekt frisierter und glänzender Bob wurde zu einem Haarknäuel in Klammer.

Mein Unterbewusstsein musste es auf das Baby geschoben haben. Auch die ordentlichsten Menschen lassen Dinge liegen, die Wäsche sich stapeln, ganz einfach, weil das Kind wichtiger ist. Gut so! Doch in Verbindung mit dieser Geschichte tippte ich sehr stark darauf, dass psychisch etwas gar nicht im Gleichgewicht war.

Die nächsten Tage widmete ich mich der jungen Mutter mit aller Kraft und all meinem Wissen. Wenn ich nicht gerade auf einem Hausbesuch war, telefonierten wir. Um das Kind oder Angies körperlichen Zustand ging es bald gar nicht mehr in unseren Gesprächen, sondern nur um Kira. Die wusste mittlerweile Bescheid und war am Boden zerstört: „Ich hoffe, ich habe keine Signale ausgesendet. Ich fand beide immer nett. Nur nett. Ich hab' schon so lange eine Beziehung ..."

Ich versuchte immer wieder, Angie davon zu überzeugen, dass Kira ihre Freundin liebte und sie nicht verlassen würde. Nach einigen Tagen willigte sie ein, sich Hilfe zu suchen. Sie begann mit einer Psychotherapie und schon bald ging es ihr besser. Es wurde eine schwere Wochenbettpsychose bei ihr festgestellt, die sich durch Medikamente und eine längere therapeutische Begleitung in den Griff bekommen ließ. Doch Angie bestand weiterhin darauf, nun in einer nüchternen, gar nicht emotionalen Weise, dass sie sich verliebt hatte und eigentlich mit einer Frau zusammenleben wollte.

Eineinhalb Jahre später rief Angie mich an. Als wäre nie etwas vorgefallen, sprach auch Georg wie bei unserem allerersten Telefonat, mit in das Handy, das auf Lautsprecher gestellt war: „Überraschung, Margarete, wir bekommen unser zweites Kind!"

Ich war tatsächlich überrascht und freute mich für die beiden. Da ich zu dem errechneten Geburtszeitpunkt gerade selbst ein Kind erwartete, musste ich sie an eine Hebammenkollegin verweisen. Diese wollte jedoch die Betreuung nicht übernehmen, als sie die beiden kennengelernt hatte: „Margarete, mit denen stimmt etwas nicht und da will ich mich nicht auf eine Geburtsbegleitung einlassen, wenn ich schon am Anfang ein schlechtes Gefühl habe." Erst beim Treffen mit der vierten Hebamme klappte es. Bald wären mir die Empfehlungen ausgegangen.

Die Zeit verging, ich gebar meinen wunderbaren Sohn in einer eiskalten Jännernacht und zwei Monate darauf hörte ich, dass auch Angie wieder Mutter geworden war.

„Rosa Gerlinde, nach unseren Müttern, der perfekte Name für das erste Mädchen eines Clans."

Als eines Morgens mein Handy läutete, hatte ich schon eine Vorahnung. Wirklich, es war Angie. Sie heulte. Konnte sich kaum beruhigen. Sie hatte den Verdacht, dass ihr erstgeborener Sohn Christian, der seit wenigen Monaten in eine Kinderkrippe ging, seine neugeborene Schwester mit einer schlimmen Krankheit anstecken könne. „Was ist, wenn er ihr Masern anhängt oder Keuchhusten, vielleicht die Vogelgrippe, oder wer weiß, was er von den anderen Kindern alles abbekommt?" Ich versuchte, sie zu beruhigen, erklärte, dass kleine Babys einen „Nestschutz" hätten und es sehr unwahrscheinlich sei, dass es zu einer schlimmen Ansteckung käme.

„Das haben die Ärzte im Krankenhaus auch gesagt", antwortete Angelika. Da wurde ich stutzig und fragte sie nach der Psychotherapie. Wegen der Schwangerschaft und der Geburt habe sie nicht mehr hingehen wollen die letzte Zeit und – dann sagte sie selber: „Ich glaube, das war ein Fehler. Wenn ich bei der Therapie bin, dann komm' ich mit meinen Zwängen super klar. Ich werd' mich gleich mal bei der Frau Doktor melden ..."

Wieder hörte ich nach diesem Telefonat länger nichts mehr von Angie.

Nach einem Jahr etwa rief sie mich an, in gewohnter Manier, im Beisein von Georg und mit eingeschaltetem Lautsprecher: „Margareteeee, rat mal!!! Wir bekommen unser drittes Kind!"

Ich freute mich, von ihr zu hören, und auch, dass die beiden mich wieder als Hebamme bei der Geburt ihres Kindes dabeihaben wollten. Dieses Mal, nahm ich mir vor, wollte ich besser vorbereitet sein auf die bei ihr kritische Zeit des Wochenbettes.

Angies Schwangerschaft war unauffällig und auch die große Sorge um den Blutdruck, der uns alle beim ersten Kind nervös gemacht hatte, war kein Thema mehr. Angie deutete einmal kurz an, sie sei im Therapiegespräch draufgekommen, dass sie sich da in etwas reingesteigert hatte. Die Geburt war schnell, von den ersten Wehen bis zum Kind dauerte sie kaum zwei Stunden. Erleichtert machten es sich Angie und Georg mit dem Baby auf der Couch gemütlich. Die beiden schienen glücklich zu sein, sie waren liebevoll im Umgang miteinander.

Ich hatte großen Respekt davor, dass ihre Beziehung nach all den Vorkommnissen noch immer intakt zu sein schien. Es war schräg nach allem, was vorgefallen war, aber schön, beide Eltern so innig zu sehen. Das Baby trank zufrieden an der Brust der Mutter. Die älteren Geschwister schliefen in ihren Betten und hatten gar nichts mitbekommen.

Von einigen Kolleginnen hatte ich den Tipp bekommen, Angie Plazentashakes zu machen. Auch jene Hebammen, die vor dem Probieren dieses Tipps sehr skeptisch gewesen waren, hatten damit enorm gute Erfahrungen gemacht im Wiederherstellen des hormonellen Gleichgewichtes. Ich deutete Angie an, dass diese Spezialnahrung ihr helfen könne, und sie war mehr als froh, es zu probieren.

Wieder ging alles einige Zeit lang gut, dieses Mal länger als zuvor. Doch ein halbes Jahr später rief Angie mich an. Sie wollte meine Meinung zu einer speziellen Art von Medikamenten wissen. Ob sich diese mit dem Stillen vertragen würden. Ich fragte sie, ob ihr Arzt sie gerade neu einstellen würde, da meinte sie: „Nein, also ja, ich bekomme neue Medikamente, aber ich bin jetzt im Krankenhaus." Sie erklärte mir recht nüchtern, dass sie sich in einer geschlossenen psychiatrischen Abteilung befände. Sie habe sich zuvor derart in die Idee, wieder schwanger zu sein, hineingesteigert und dem Gynäkologen, der ihr keinen Mutter-Kind-Pass ausstellen wollte, nicht geglaubt, da sie doch alle körperlichen Anzeichen spürte. Schließlich sei sie dort gelandet. Sachlich erklärte sie mir weiter, dass sie sich hier behandeln lassen müsse, verstehe, dass sie eine Psychose habe und hoffentlich bald wieder nach Hause dürfe. Von Georg erfuhr ich später, dass sie nach einem Monat entlassen wurde.

Zwei Jahre darauf klingelte mein Handy. Es waren Angie und Georg, wie sollte es sein, via Lautsprecher mit mir im Gespräch verbunden. Dieses Mal redete Georg: „Hallo Margarete, rate mal! Wir bekommen kein weiteres Kind, aber sind wieder nach Hause gezogen ..." Und dann beendete Angie seinen Satz: „... und wollen dich gerne zu unserer Hauseinweihungsparty einladen!" Gerne sagte ich zu, denn ich dachte immer wieder an die beiden und wollte sehen, wie es ihnen ging.

Es war ein warmer Herbsttag, an dem das Fest stattfand. Ich fuhr so, wie mich das Navi über die Landstraße lenkte, und Archie bewunderte die vielen grünen Fleckchen, sanften Hügel und Kühe, die er am Weg erblickte. Als wir an einem Sportplatz vorbeikamen, wusste ich, dass wir bald am Ziel sein würden.

Ich schaltete das Navi aus und hielt vor dem Haus mit den roten Fensterläden. Schon öffnete Angie die Türe. Sie umarmte mich fest, wirkte glücklich und vor allem: ausgeglichen. Hinter ihr stand Georg: „Hast du es gleich gefunden?" „Ja", sagte ich und schmunzelte in mich hinein. Angie schnappte Archie bei der Hand und wir gingen durch das Haus, das blankgeputzt war, in dem jedes Stück seinen Platz hatte, in den großen Garten, wo einige Kinder Ball spielten, liefen oder Äpfel einsammelten. Ich sah Georg an, er trug wieder seine Filzpatschen und ich musste ihn fragen: „Bitte verrate mir, geht es euch gut, wirklich gut?" Er strahlte und nickte. „Ja, wirklich, jetzt schon. Es ist alles, wie es sein soll. Schau dich um, davon haben wir geträumt." Und dann musste ich noch eines wissen: „Sag mir, wie habt ihr es hierher geschafft, nach all den ... Unwegsamkeiten, die eure Beziehung aushalten hat müssen?" Er schaute lange in den Garten, zu seinen Kindern, zu seiner Frau. Dann grinste er mich an und flüsterte: „Ich hab' mich nach dem dritten Kind sterilisieren lassen ..."

RANA

Blick von der Schemerlbrücke, auf der Margarete
Rana findet, rauf zu einem der beiden Löwen.

Mitten im 19. Bezirk befindet sich das Zacherlhaus,
das über und über mit Mosaiken verziert ist.

Als ich Rana das erste Mal traf, erschrak ich fürchterlich. Diese Frau, die mir gerade die Tür aufgemacht und beim „Willkommensagen" so ansteckend fröhlich gelacht hat, die kenne ich doch, durchfuhr es mich! Als ich genauer hinsah, auf ihre Haare und in ihr Gesicht, war ich mir plötzlich nicht mehr sicher. Auch ihr Name hatte in meinen Gedanken keine Erinnerung ausgelöst.

Rana bemerkte meine verwirrte Überraschung zum Glück nicht und bat mich, durch das Wohnzimmer in ihren Garten mitzukommen. Ein Apfel- und ein Zwetschgenbaum waren üppig mit Früchten behangen, einige Büsche am Rande trugen bereits satte Herbstfarben. Wir machten es uns auf einer weiß lackierten Metallcouch, die mit einer unüberschaubaren Anzahl fluffigster Pölster und Decken in kalten Pastellfarben bestückt war, gemütlich.

„Magst du Wasser oder meine selbstgemachte Zitronenlimonade kosten?", fragte sie mich. Ich wählte das Zitrusgetränk. Rana nahm die randvolle Karaffe mit ihrer kleinen Hand vom Tisch hoch. Da fiel mir auf, dass sie enorm lange, blutrot lackierte Fingernägel trug. Die Hebamme in mir war fasziniert von dem Gedanken, wie sie ihr Kind später mit diesen langen Nägeln wickeln und anziehen würde.

Ein kleiner Spatz landete am Tisch, pickte ein paar Brösel auf, und als er wegflog, hatten wir längst angefangen zu plaudern. Rana erzählte mir, dass sie in den ersten vier Wochen der Schwangerschaft ganz schlimm an Übelkeit gelitten und nichts bei sich behalten hatte können außer Zwieback und Tee. Das sei nun vorbei: Von einem Tag auf den anderen habe sich ihr Magen umentschieden, sagte sie fröhlich, und biss von einem großen Stück Baklava ab. „Auch selbstgemacht!", sagte sie mit vollem Mund und lud mir zwei klebrige goldig-glänzende Stücke auf den Teller. „Wenn ich schon sündige, dann will ich wenigstens wissen, was drin ist!"

Sonst habe sie gar keine Beschwerden, meinte Rana. Außer Herzweh. Das Kind würde nämlich ohne Vater aufwachsen. Sie zuckte mit den Schultern: „Es hat nicht sollen sein. Besser kein Vater als ein schlechter."

Wir machten aus, dass sie sich in den nächsten Tagen bei mir melden solle, um Bescheid zu geben, ob sie mich als ihre Hebamme haben wollte.

Als sie mich zur Tür brachte, kamen wir im Wohnzimmer an einer Kommode mit Fotos vorbei. Mein Blick blieb an einem Bild hängen, das in einem silbernen, herzförmigen, über und über mit Blättern verzierten Rahmen steckte. Darauf zu sehen: Rana und ... noch eine Rana! Plötzlich wusste ich, warum sie mir so bekannt vorgekommen war. Ich stieß ein freudiges „Ah!" aus und Rana schaute mich fragend an. „Entschuldige, aber ich hatte das Gefühl, dass wir uns schon einmal begegnet sind. Ich habe nur überhaupt keine Ahnung gehabt, wann und wo. Jetzt weiß ich es, ich kenne deine Schwester."

Das Bild zeigte Rana, die Frau mit langen dunklen Haaren, die sich bis zur Taille lockten. Das Gesicht war ausdrucksstark geschminkt, der Teint perfekt mit leichtem Schimmer, dazu lange Wimpern und dichte Augenbrauen. Rana trug ein buntes Sommerkleid. Sie war eine paradiesische Erscheinung. Neben ihr stand eine Frau, deren Gesicht genau gleich aussah. Jedoch alles andere nicht. Sie hatte kinnlange Haare, war ungeschminkt und trug ein schlammfarbiges Ringertop, das ihre definierten Arme betonte. Zwei schöne Frauen, zwei Mal ein offenes Lachen.

Rana strahlte. „Du hast dich an meine Schwester erinnert!?" Ja, das habe ich. Ich erzählte kurz davon, wie es bei einer Hausgeburt plötzlich Sturm geläutet hatte. Zwei Polizisten hatten vor der Tür gestanden. Ein Mann und eine Frau, Ranas Schwester. Sie waren gekommen, um meine Blaulichtlizenz zu überprüfen, weil mich ein Nachbar angezeigt hatte. Schnell war alles geklärt und die Beamten wollten schon gehen, als mich die Polizistin fragte, ob ich Hausgeburten betreute. Ich bejahte damals diese Frage.

„Aber, Rana, wie kommt deine Schwester nach so langer Zeit auf mich? Das ist sicher schon zwei Jahre her, die Geburt von Paulas Kind ...", sagte ich nachdenklich.

„Als ich Indira erzählt habe, dass ich schwanger bin und unbedingt eine Hausgeburt will, da hatte sie plötzlich deinen Namen für mich. Ich war selber erstaunt. „Woher kennst du bitte eine Hebamme, hab' ich sie gefragt, und sie hat gegrinst und erzählt, wie sie dich kennengelernt hat. Es hat ihr so gut gefallen, wie du dich in der Situation damals verhalten hast. Dass dich nichts aus der Ruhe gebracht hat. Dass du cool warst, trotz der Polizei, und die Mutter immer im Auge hattest. Sollte eigentlich eine Selbstverständlichkeit sein, aber das ist es nicht, so viel weiß ich."

Wir verabschiedeten uns herzlich. Am Weg zum Auto kam ich an einem faszinierenden Gebäude vorbei. Es sah aus wie ein Palast aus 1000 und einer Nacht. Der ausladende Eingang war mit türkisen und abendblauen Mosaiken verziert, das Gelb über den geschwungenen Fenstern strahlte wie pures Gold. Dazu die warme Brise dieses Spätsommertages, die um meine

Haare wehte, und schon fühlte ich mich in ein anderes Land und auch in eine frühere Zeit versetzt.

Wo war ich denn hier gelandet? Ein Gebäude wie dieses hatte ich noch nie gesehen. Gleich bekam ich große Lust, diesen Ort zu erkunden. Die linke Seite konnte ich abgehen bis zur Ecke, doch ich entdeckte keinen Hinweis darauf, was sich im Inneren befand. Also merkte ich mir den keramischen Namen über der schweren Holztür, um bei Gelegenheit Infos googeln zu können: J. Zacherl.

Rana entschied sich bald dazu, dass ich ihre Hebamme sein sollte. Den nächsten Hausbesuch machte ich, als der Bauch schon sichtbar war und sie erste Kindsbewegungen spürte. Mit dabei war dieses Mal ihre Schwester Indira. Beide öffneten mir die Türe mit demselben herzlichen Lachen. Kurz hielt ich inne und schaute mir die beiden an. Mir gefiel der komplett konträre Stil der Frauen.

Durch meine Berufung als Hebamme habe ich am Rande meiner Ausbildung immer wieder Theorien zu Zwillingen gehört. In der Fachliteratur gibt es eine Vielzahl dokumentierter Fälle, die davon handeln, dass Zwillinge nach der Geburt getrennt aufwuchsen und trotzdem die gleichen Vorlieben beim Essen, Spielen oder für die äußerliche Erscheinung entwickelten. Der wissenschaftliche Tenor in der Zwillingsforschung ging lange Zeit dahin, dass die Gene bei dieser speziellen Art von Geschwistern besonders stark und verbindend ausgeprägt seien. Das war bei dem Bild, das sich mir bot, gar nicht der Fall – ich musste lachen. Schön, dass die beiden anders waren als jede Theorie.

Wir genossen die letzten Sonnenstrahlen dieses hellen Wintertages im Wohnzimmer vor einem großen Fenster, das eine kitschige Winterlandschaft zeigte, tranken warme Limonade und naschten klebrige Süßigkeiten, während ich Ranas Bauch abtastete. Alles spürte sich für mich an, wie es sein sollte. Rana fühlte sich gut und sehr fit. Indira würde ab jetzt immer bei den Hausbesuchen dabei sein, weil sie auch bei der Geburt an der Seite ihrer Schwester gewünscht war. Liebevoll hielten beide Schwestern den Babybauch der einen: Die Mutterhand mit den perfekten langen roten Nägeln und jene der Tante mit den kurzen, unlackierten. Schwer zu sagen, welcher Griff zärtlicher wirkte. Was für ein Glück das kleine Kind hatte, in eine solch liebevolle Familie hineingeboren zu werden!

Da ich Rana bislang immer sehr herausgeputzt getroffen hatte, mit viel Make-up und frisierten Haaren, war ich gespannt darauf, wie sich ihr Styling bei der Geburt verändern würde. Ich habe schon Frauen begleitet, die sich vorher unbedingt noch duschen wollten, nur mit viel Wasser, um dem Kind natürlich wie nur möglich zu begegnen. Aber es gab auch jene, die extra roten Lippenstift auftrugen oder sich frisierten, um in der Art sie selber zu sein, wie sie sich am liebsten sahen.

Wieder einmal führte mich mein Weg nach dem Hausbesuch an dem orientalischen Gebäude vorbei. Dieses Mal stand das massive Tor weit offen und Musik drang heraus. Also ging ich hinein, ohne weiter darüber nachzudenken. Innen war das Gebäude noch spektakulärer, ich fühlte mich von den verschneiten Straßen Wiens nach Marrakesch geweht. In einem Innenhof spielte eine Frau mit ihrer Harfe. Begleitet wurde sie von einem ungewöhnlich leise gespielten Schlagzeug und einer Trompete. Rundherum saßen auf bunten Pölstern die Zuseher dicht an dicht, Heizstrahler sorgten für kuschelige Wärme. Ich blieb abseits stehen unter einem reichlich mit gemalten Blumen verzierten Bogen und lauschte den Klängen, die zwischen wild, sanft, sphärisch hin- und hersprangen.

„Diese Mischung der Instrumente, es fasziniert mich jedes Mal, dass diese Töne dabei herauskommen!" Mit diesen Worten sprach mich eine Frau um die 50 an. Sie hatte feuerrote Haare und trug eine hellblaue John-Lennon-Brille. Ich gab ihr recht und gestand gleich, dass ich ganz zufällig vorbeigekommen sei und einfach hereingehen musste. Sie lachte, drückte meinen Arm: „So soll es doch sein, meine Liebe!"

Sie und ihr Mann Hugo leiteten die künstlerische Abteilung der Zacherlfabrik, erzählte sie mir. Es sei wie ein kostspieliges Hobby für die beiden. Denkmalschutz und behördliche Auflagen hatten den Betrieb schon oft fast zur Schließung gebracht. Nun sei es leider wirklich bald so weit und in einigen Monaten würden sie den Ort für Veranstaltungen endgültig zusperren müssen.

Sandrine rückte ihre Brille näher an die Nase und seufzte: „Schade, wirklich schade. Auch wenn wir es immer gewusst haben, dass es nicht ewig weitergehen wird. Es schmerzt."

Der letzte Termin sollte eine große Party werden, eine Feier der Freude und des Lebens – und einige besondere Programmpunkte bieten: „Wir haben schon eine wunderbare junge Autorin, die hat früher auch hier in der Nusswaldgasse gewohnt, sie liest erstmalig vor Publikum aus ihrem unveröffentlichten Roman ‚Hebst du das Wort auf' vor, und die Band wird auch wieder spielen, einige spezielle Stücke. Eben diese herrlichen Lieder, die uns über die Jahre begleitet haben. Aber uns fehlt etwas zum Anschauen, ein Eye-Catcher."

Mein Herz schlug schnell, als ich ihr, ohne darüber nachzudenken, anbot, meine Plazentabilder auf einer Wand auszustellen. Dieser Ort, diese Atmosphäre, diese Menschen – ich musste diese Gelegenheit einfach ergreifen, obwohl ich keine richtige Künstlerin bin, zumindest keine bildende. Geburtskünstlerin war ich schon sehr oft gewesen, doch würde mich das qualifizieren?

Gespannt wartete ich darauf, was Sandrine sagen würde. Ich war überglücklich darüber, dass sie von der Idee ganz begeistert war und am liebsten alle Wände mit meinen Drucken füllen wollte.

Als ich Rana das nächste Mal besuchte, erzählte ich ihr von meiner Begegnung in der Fabrik. Sie lachte: „Mich hat das Gebäude auch immer fasziniert und ich gehe mittlerweile regelmäßig auf Veranstaltungen. Sandrine und Hugo sind ganz entzückende Menschen." Sie sei auch traurig, wie so viele Nachbarn im Umkreis, dass es diese Institution bald nicht mehr geben würde.

Als ich Rana untersuchte, schien sie mit den Gedanken woanders zu sein. Ich fragte sie, ob denn alles in Ordnung sei.

„Ja ...", sagte sie langgezogen und setzte sich dabei auf. Dann fiel ihr Indira ins Wort: „Jetzt sag' es ihr!"

Ich wartete ab und wollte sie keinesfalls mit Nachfragen zu etwas drängen. Dann kamen die Tränen. Zuerst flossen sie still die Wangen der werdenden Mutter hinab, von dort tropften sie auf die Jeans.

Mehrmals setzte Rana dazu an, etwas zu sagen, doch die Stimme versagte ihr. Schließlich atmete sie tief durch, wurde rot im Gesicht und erklärte mir, was los war.

„Margarete, es ist nur ... ich muss mich so ärgern. Mein Arzt ... bislang war immer alles in Ordnung mit dem Kind, jeder Wert hat wunderbar gepasst, er war immer nett und positiv. Doch beim letzten Besuch, als ich ihm erzählt habe, dass ich mich für eine Hausgeburt entscheide, da ist er richtig ungut geworden. Hat plötzlich kaum mehr etwas gesagt bei der Untersuchung. Mir kein Ultraschallbild mitgegeben wie sonst immer. Zum Abschluss hat er mich nur von oben nach unten und wieder nach oben gemustert und gemeint, dass ich mit meinem zarten Körper sicher kein Kind zu Hause auf die Welt bringen könne. Ich wäre viel zu schmal, um ein Baby durch meine Hüften zu lassen! Zu lassen ... was bildet er sich ein? Nur weil ich nicht mit ihm in dieser Privatklinik entbinden möchte. Ich habe mich plötzlich so für meinen Körper geschämt."

Rana war außer Atem und ich verstand ihre Verunsicherung. Eine solche Aussage, die aus heiterem Himmel kommt, trifft jede Schwangere mitten ins Herz. Ich versicherte Rana, dass ein sogenanntes Schädel-Becken-Missverhältnis äußerst selten vorkäme. Es gäbe Möglichkeiten, im Vorhinein abzuschätzen, ob dies bei ihr der Fall sein würde. Leider sei das Vermessen des Beckens eine nicht sehr genaue „Wissenschaft", erklärte ich ihr. Vielmehr komme es darauf an, dass sich das Kind unter der Geburt richtig ins Becken drehe, sowie auf die Hormone, die bei diesem umfassenden Vorgang mitwirken. Und, sollte das nicht von alleine klappen, hätte ich zur Not immer einige Tricks im Ärmel. Das klärende Gespräch beruhigte Rana, und auch Indira wirkte erleichtert.

Es war ein sonniger erster Mai. Ich saß gerade mit einer Hebammenfreundin am Spielplatz und wir beobachteten unsere Kinder beim Sandbuddeln. Bestens gelaunt wetteten wir um ein Eis, welche von uns heute ein Staatsfeiertagsbaby auf die Welt bringen würde, als bei mir tatsächlich das Handy klingelte.

Es war Indira. Zuerst hörte ich sie nur zählen, dann nahm sie mich am anderen Ende der Leitung wahr. Sie schien sehr nervös, abgelenkt, stotterte. „Margarete, ähm, hier ist Indira, ich glaube das Kind kommt jetzt, und zwar mitten hier auf der Brücke mit den Löwen ... Ja, ähm, weißt du, wo das ist? Brigittenauer Sporn. Also davor. Kannst du überhaupt kommen? JETZT?! Bitte!"

Ich kannte den Ort, den Indira beschrieb, sehr gut und war zufälligerweise nur wenige Autominuten davon entfernt. Schon oft war ich über die von ihr beschriebene Brücke gegangen, und zwar mit Archies Vater. Der ist im Ruderverein Donauhort, der gleich dahinterliegt, auf diesem Vorsprung in der Donau, dem Sporn, seit vielen Jahren Mitglied. Als Archie noch ein Baby war, verbrachte ich im Sommer viel Zeit im Garten des Vereins. Mein Sohn schlief im Schatten, und wenn ich es ihm nicht gerade gleichtat, beobachtete ich die Boote auf der Donau oder feuerte Ruderer an, die für einen Wettkampf trainierten.

Archie ließ ich fürs Erste weiter mit seinem Freund in der Sandkiste graben. Meine Hebammenfreundin und ich nickten einander zu, was so viel bedeutete wie: „Ich schaue mal nach dem Rechten, gehe von einem falschen oder frühen Alarm aus und du bist so lieb und schaust einstweilen auf mein

Kind. Ich melde mich, sobald ich die Lage eingeschätzt habe. Dafür hast du einmal Babysitten bei mir gut!"

Zehn Minuten später bog ich von der Unterführung zur Brücke ein und konnte einige Menschen sehen. Sie standen um jemanden herum. „Nein", sagte ich halblaut zu mir, „bitte, lasst Rana in Ruhe!"

Ich stellte notdürftig meinen Wagen ab, griff meine Tasche und eilte auf die Brücke. Tatsächlich, diese Traube von Leuten stand um Rana herum. Die Schwangere hing im offenen Fenster eines Polizeiautos und veratmete gerade eine Wehe. Rund um das Auto war lose ein polizeiliches Absperrband gelegt. Indira stand mit einer Decke vor Rana und versuchte, ihre Schwester notdürftig abzuschirmen. Sie trug einen Neoprenanzug, Flossen und triefte vor Nässe.

Als sie mich erblickte, entspannten sich ihre Gesichtszüge: „Margarete, zum Glück!" Auf der Stelle übernahm ich die Decke aus Ranas Händen, berührte mit der anderen Hand ganz sanft Ranas Schulter. „Liebe Rana, ich bin jetzt da. Na schau, das sind ja schon fast Presswehen!" Ich überlegte, wo ich Rana nun am besten untersuchen könnte, und da fiel mir wieder der Ruderverein ein.

Mittlerweile hatte sich Indira ihre Uniform angezogen und die umherstehenden Passanten hatten sich alleine von diesem Anblick in Luft aufgelöst. Sie schüttelte genervt den Kopf: „Ich habe denen schon mit allem Möglichen gedroht, aber sie haben einfach weiter zugeschaut ... Naja, mein erstes Outfit hat nicht wirklich autoritär gewirkt."

Wie Rana nun atmete, ließ mich in die Hocke gehen und an Ort und Stelle – Indira hielt wieder die Decke – nachsehen, wie weit sie schon sei. Ein Blick reichte: „Rana, das Baby ist gleich da. Ich kann den Kopf sehen! Du wirst es jetzt an Ort und Stelle bekommen. Es ist gleich hier, du hast es fast geschafft!"

Rana hängte sich an mich. Wir fanden einen Winkel, von dem aus keiner etwas sehen konnte, und Indira griff ihrer Schwester von hinten unter die Arme. Vier Presswehen später glitt das kleine Mädchen aus ihrer Mutter heraus in meine Hände. Ich legte Rana das Kind auf die Brust. Sie saß nun auf der Decke am Boden, hinter ihr Indira, an die sie sich anlehnte.

Ranas erste Worte waren: „Oh, ist sie süß!"

Dann musste die frisch gebackene Mutter herzlich lachen: „Hier, du wolltest HIER von allen Plätzen in Wien auf die Welt kommen?! Du lustiges kleines Ding." Zusammen mit Indira hievten wir Rana und die Kleine ins Auto, um ein paar Meter weiter zum Ruderverein zu fahren. Die anwesenden Mitglieder – viele waren in ihre weiß-blauen Rudersachen gekleidet – staunten nicht schlecht, als ich fragte, ob ich bei ihnen die Erstuntersuchung eines Säuglings nach der Geburt vornehmen könne. Heike, die Vizepräsidentin, deren Kind ich vor Jahren auch entbunden hatte, lächelte und sperrte uns das Vereinsgebäude auf. Sie konnte sich nicht verkneifen zu sagen: „Das wäre natürlich auch eine Idee, einmal hier im Verein ein Kind zu bekommen. Ja, das könnte mir gefallen!"

Nachdem ich den Säugling untersucht, gewogen und gemessen hatte, schaute ich noch nach, ob Rana Geburtsverletzungen erlitten hatte. Doch Ranas Körper wies lediglich ein paar Schürfwunden auf, die nicht genäht werden mussten und von selber heilen würden. So sprach nichts dagegen, die junge Mutter nun direkt nach Hause zu bringen.

Unter vielen Glückwünschen stiegen wir beim Verein ins Auto, und einige Minuten später machte es sich Rana schon auf der heimischen Couch gemütlich. Sie war aufgekratzt von der Geburt und überglücklich.

Natürlich musste ich nachfragen, wie die zwei Schwestern auf der Löwenbrücke gelandet waren, wo ich dann auf sie gestoßen war. Beide lachten. Indira habe dort ihre jährliche Tauchübung von der Polizei gehabt und Rana habe sie dahin begleitet. Rana sei während der Übung spazieren gegangen, weil sie ein leichtes Ziehen im Rücken spürte, das sie für einen eingeklemmten Nerv hielt. Als sich Indira nach dem Tauchen umziehen wollte, hätten bei Rana „richtig heftige Wehen" eingesetzt.

„Die Polizei-Kollegen waren alle schon weg und den Rest kennst du", fasste Indira zusammen.

„Das habe ich auch noch nie erlebt. Deine Kleine hat sich wirklich was Besonderes ausgedacht, um auf die Welt zu kommen! Wie soll sie denn heißen?", fragte ich.

Rana schüttelte den Kopf: „Das weiß ich noch nicht, ich muss sie erst kennenlernen!" Die junge Mutter strahlte, ebenso die Tante. Und die Kleine trank zufrieden an der Brust.

Als ich ging, dachte ich über die Ereignisse des Tages nach. Ich freute mich, dass alles schön und doch sehr speziell geklappt hatte für die kleine Familie. Und war verblüfft, dass Rana trotz dieser überraschenden Geburt, die von Null auf 100 passierte, nicht einen Strich ihres Make-Ups eingebüßt hatte: Die Wimpern waren noch immer perfekt getuscht und der Lipgloss glänzte. Beachtlich.

Als ich am nächsten Morgen zum Wochenbettbesuch kam, strahlten mich die Zwillingsfrauen an und Rana verkündete den Namen ihrer Tochter: „Sie soll Leona heißen! Nur diese Bedeutung passt zu meiner kleinen Maus." Und Indira fügte hinzu: „Wer zwischen zwei Löwen geboren wird, ist ein Löwe!"

Ganz sicher war ich mir nicht, ob sie auf die Bronzelöwen anspielte, die auf der Brücke wachen, oder auf sich selbst und ihre Schwester. Beides passte perfekt.

Genau vier Wochen später wurde das Abschiedsfest in der Zacherlfabrik gefeiert. Als Ehrengast durfte die kleine Leona kurz mit Mama und Tante vorbeischauen. Feierlich wurde ihr von der Band Mozarts „Kleine Nachtmusik" vorgespielt, während ich ihren Plazentadruck enthüllte. Die vielen Gäste klatschten laut, als sie das Bild sahen, das so rot war wie Ranas Lieblingsnagellack.

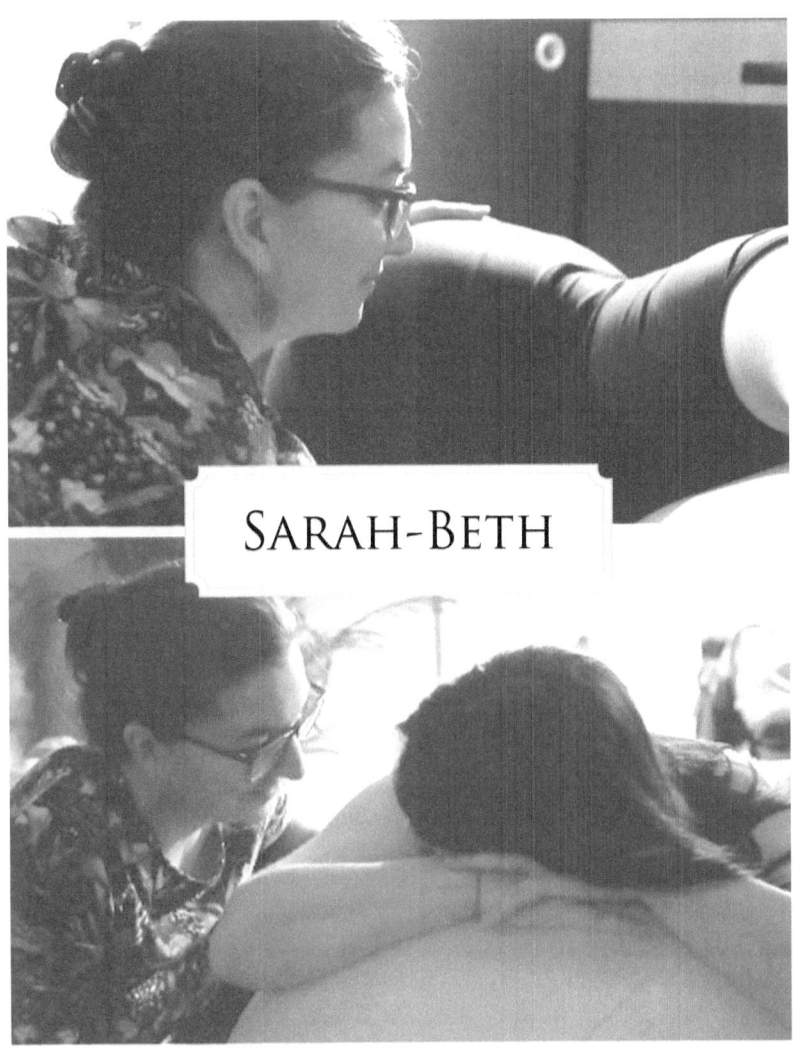

SARAH-BETH

Über einem Ball zu lehnen kann während
der Geburt sehr entspannend sein.

Eines Tages, ich hatte mich eben erst fluchend und betend in eine enge Parklücke gequetscht und den Motor erleichtert abgestellt, läutete mein Telefon. „Hi, this is Sarah-Beth Jones speaking!" Eine Frauenstimme, die lautes Amerikanisch sprach, wollte wissen, ob ich die Hebamme sei, die auch nach einem Kaiserschnitt zu Hause Geburten betreute. Ich erklärte ihr auf Englisch: „Also ja, generell schon." Es komme auf gewisse Parameter an. Die wolle sie erst gar nicht hören, sagte Sarah-Beth, stattdessen meinte sie in einer Mixtur aus deutschen und englischen Worten, das sei „ja fabulous" und sprach mich direkt an mit: „Honey, let's meet!" Also machten wir uns einen Hausbesuch aus.

Im Herzen Kaisermühlens traf ich in einer kleinen Gemeindebauwohnung auf die Verkörperung dessen, wie manch Europäer sich eine amerikanische Frau vorstellt: Sarah-Beth hatte blinkend weiße Zähne, die sie mit einem großen Lächeln zeigte, eine perfekt geschwungene, überschulterlange braun-rote Mähne, die stets mit ein paar Klammern gebändigt war – „onduliert" würde das der Wiener nennen, „polished" der Amerikaner –, und sie trug ein kunstvoll gearbeitetes Goldkreuz um den Hals.

Als wir uns das erste Mal gegenüberstanden, schlug sie die Hände zusammen und verfiel in Euphorie: Wie schön („great") es sei, dass ich da wäre und wir uns nun endlich persönlich kennenlernen würden („finally, Honey"), tat sie in ihrem lauten, sehr herzlichen Englisch kund. Sie führte mich ins Wohnzimmer, wo bereits Homemade Triple Fudge Chocolate Cookies, die den Durchmesser eines europäischen Kuchentellers hatten, bereitlagen, verführerisch im Licht der Stehlampe glänzten und mir ein leises „Eat me!" zuraunten. Dazu reichte sie Kaffee und Wasser mit Eiswürfeln.

Die werdende Mutter bat mich, Platz zu nehmen, und dann legte Sarah-Beth gleich mit der Geschichte ihrer ersten Geburt los. Vor etwas mehr als zwei Jahren war ihr Sohn in einem Wiener Spital auf die Welt gekommen. Sie meinte, damals hätte sie keinen Grund gehabt, das zu hinterfragen. Ein paar ihrer Freundinnen, die sie aus der Gemeinde kannte, hatten ihr den Ort empfohlen. „Even Crystal", sagte sie und lachte dabei laut auf, um mich gleich darauf einzuweihen, dass eben diese Freundin als sehr wehleidig und ängstlich bekannt sei.

Ganz im Gegenteil zu ihr selbst, wie sie betonte. „I am a natural born mum! No pain, no gain!" Sie deutete auf ihre ausladenden Hüften und auf ihren runden Bauch. Dann sagte sie in gebrochenem Deutsch: „Ik bin die

Venüs from Willendörf!" Und lachte weiter. Jedenfalls sei sie damals fest davon überzeugt gewesen, das Kind zwar in einem Krankenhaus auf die Welt zu bringen, aber komplett aus eigener Kraft.

Warum hätte das nicht klappen sollen, diese natürlichste Sache der Welt? Sie zuckte stark mit den Achseln, so dass ihr Kreuz sich hin und her bewegte: „I have faith in me as I have faith in God, our Lord!"

An dieser Stelle erklärte sie mir noch, warum sie vor fünf Jahren nach Österreich gekommen sei. Sie und ihr Mann lebten schon viele Jahre als Missionare einer christlichen Kirche, mal dort, mal da auf der Welt. In Wien arbeitete er als Lehrer und sie betreute die Kleinsten im Gemeindekindergarten. Jetzt sei sie in Karenz.

Als sie dann weiter von der Geburt ihres Sohnes sprach, stiegen ihr Tränen in die Augen. Es sei ganz anders gelaufen, als sie es sich erträumt oder zumindest vorgestellt hatte. Weil ihre Wehen als zu schwach interpretiert wurden, hängte man ihr bald einen Tropf mit Wehenmittel an. Die darauffolgenden Kontraktionen hätten sie in ihrer Intensität und Wucht überrascht. Als nach zwei Stunden Krämpfen der Muttermund nicht wirklich weiter offen war, sprachen alle von Geburtsstillstand und davon, dass es dem Baby bald nicht mehr gutgehen würde.

Sarah-Beth hielt ihren Bauch und sagte mir: „But I knew all this time that he is fine!" Sie habe das Kind regelmäßig gespürt und keine Angst um ihn gehabt. Doch ihr Mann Adam sei immer blasser geworden, habe nichts gesagt, die „worries" seien ihm aber anzusehen gewesen. Darum habe sie schließlich dem Kaiserschnitt zugestimmt. Es gehe doch darum, dass man auf seine „Lieben schaut, oder?", fügte sie noch hinzu.

Das Stillen klappte nach der Operation nicht und eine Wochenbettdepression habe die erste Zeit mit ihrem Baby noch schwerer gemacht. Doch die Damen aus der Gemeinde hätten sie in dieser schwierigen Phase gut betreut.

Jetzt sei alles anders, meinte Sarah-Beth strahlend. Sie sprang auf und rief: „We women have the power!" Und zu mir gewandt: „Let's be birth activists!" Sie marschierte in dem kleinen Wohnzimmer, das mit dunklem Holz eingerichtet war, auf und ab, als würde sie auf einen Protestmarsch gehen, und ich konnte in meinen Gedanken sogar die Tafeln mit den Slogans sehen, die sie dabei halten würde. Was für eine Power-Mama!

Sie erklärte mir, dass sie sich mit diversen Sprüchen viel Kraft holen würde, das sei wie Beten. Und, lächelte sie sonnig, beten würde ja schließlich immer helfen. Weiter erklärte sie mir, wie sie sich die Hausgeburt vorstellte. Dass ihr ein Pool sehr wichtig sei und die richtige Musik.

Ich fand den Zeitpunkt passend, mit ihr nun auch über die Besonderheiten, die eine Schwangerschaft nach einem Kaiserschnitt mit sich bringen kann, zu reden. Doch Sarah-Beth grinste und legte los. Sie zitierte vier verschiedene Studien samt exakter Prozentzahlen zum Thema Uterusruptur. Dann fügte sie als Fazit nüchtern hinzu, dass man nun kein Statistiker sein müsse, um diese Zahlen als minimal einzustufen. Anschließend zählte sie Risikofaktoren auf, die eine Spontangeburt erschweren könnten, wieder aus diversen Fachquellen, wie zum Beispiel eine Plazenta, die an der Narbe liegt, ein Kind in Beckenendlage, hoher Blutdruck, Zwillinge, Schwangerschaftsdiabetes und ein aus diesem Grund großes Kind.

Abschließend sagte sie lapidar in ihrer Muttersprache: „Ich bin sehr groß, mein Sohn ist groß gewesen, und das da drin in meinem Bauch wird sicher nicht klein. Also hoffe ich darauf, dass sich die Plazenta das richtige Plätzchen sucht!" Ich musste grinsen. Weil ich mich darüber freute, dass sie sich mit dem Thema ernsthaft und intensiv auseinandergesetzt hatte. Mit Status-Post-Sectio-Spontangeburten kannte sie sich nämlich so gut aus wie eine Hebamme.

Ich verabschiedete mich an diesem Tag und zog mein Fazit, als ich durch einige Schauplätze der TV-Serie „Kaisermühlenblues" zu meinem Auto ging: So wenig habe ich definitiv noch nie bei einem Hausbesuch geredet. Dafür habe ich den ganzen köstlichen Keks aufgegessen. Und genossen. Ich wischte mir noch ein Stück Schoko vom Kinn und stellte fest, dass meine Hose plötzlich spannte.

Sarah-Beth' Schwangerschaft verlief völlig unproblematisch, sie war optimistisch und völlig im Einklang mit sich. Die Frau fühlte sich körperlich fit, Blutdruck und Harn passten bei jeder Untersuchung. Nur etwas war schwierig: Mit dem Abtasten des Bauches hatte sie so ihre Probleme. Aus religiösen Gründen bestand sie darauf, dass ich sie nur über die Kleidung anfasste. Meist mehrere Schichten Gewand und ihre Körperfülle machten dieses Unterfangen zu einer Herausforderung, wie ich sie noch nicht gekannt hatte.

Im letzten Trimester konnte ich sie dazu überreden, Hörrohr oder Dopton direkt am nackten Bauch platzieren zu dürfen. Sie war einverstanden und ich senkte die Augen währenddessen. Ich hatte nie das Gefühl, sie würde mir nicht vertrauen. Vielleicht lag ihr Verhalten auch daran, dass öfter weibliche Bekannte oder Verwandte, teilweise aus den USA zu Besuch nach Wien gekommen, bei den Untersuchungen direkt anwesend oder im Raum daneben waren. Irgendwann aber spürte ich, dass die Angst vor Berührung tiefere Gründe haben müsse, die sie wohl schon länger begleiteten. Wir sprachen allerdings nicht über dieses Thema.

Ein paar Tage vor dem Geburtstermin klingelte am späten Abend mein Handy. Es war Sarah-Beth. Sie sagte, dass es nun so weit sei und sie Wehen habe. Ich machte mich auf den Weg.

Es war eine herrliche Frühlingsnacht und kaum ein Auto auf den Straßen, als ich über die Reichsbrücke den Lichtern entgegenfuhr. Ich atmete die frische Brise, die von der Donau heranwehte, sah, wie einige Leute mit ihren Hunden gemächlich Gassi gingen, und rief Sarah-Beth an, damit sie mir die Türe aufmachen könne. Sie hatte mich darum gebeten, ein Klingeln sollte ihren Mann und Sohn nicht wecken.

Die Schwangere war schon gut dabei, Kontraktionen zu veratmen. Im Wohnzimmer hatte sie sich einen Gymnastikball zum Dranhängen hergerichtet und ein Plätzchen bei der Couch mit Folie abgedeckt: „Just in case!", falls die Fruchtblase platzen sollte. Sie schob sich zum Backofen und nahm frische Cookies heraus. Denn es würde sicher eine „lange Nacht werden, und du brauchst auch Energie", sagte sie lächelnd. Ich fand das eine sehr liebe Geste von dieser amerikanischen Übermutter.

Sarah-Beth hatte regelmäßige Wehen, wie ich feststellen konnte, und die Herztöne des Kindes waren auch in Ordnung. Sie hatte den Drang, sich zu bewegen. Darum schlug ich vor, rauszugehen.

Wir spazierten entlang der Donau und Sarah-Beth ärgerte sich, dass keine Enten oder Schwäne zu sehen waren. Sie hatte extra hartes Brot zum Füttern eingesteckt. „So machen die alten Menschen das doch hier in den Parks!?" Alle vier Minuten stützte sie sich an mir oder einer Bank ab, um die Wehen zu veratmen. Sie sagte mir, als wir auf die Stadt schauten, dass sie Wien sehr mögen würde. Doch eines Tages wolle sie wieder nach Hause, in die Staaten. Das sei ihre Heimat und sie sei eben ein All-American-Girl, eine frühere Cheerleaderin. Sie sehne sich nach zu Hause, trotz der köstlichen österreichischen Mehlspeisen.

Ich konnte sie gut verstehen. Und war in dem Moment sehr dankbar, schon an dem Ort zu leben, der mein Herz erfüllte.

Vier Stunden später bereitete ich sie sachte darauf vor, dass es an der Zeit war, sie vaginal zu untersuchen. Zwar habe sie gute, kräftige Wehen, aber ich wollte einen Referenzpunkt haben. Sie stimmte zu und wir machten uns auf den Weg in die Wohnung.

Nie erfuhr ich, von wem sie missbraucht worden war; wahrscheinlich waren es die leiblichen Eltern, denen sie mit vier Jahren weggenommen worden war. Sie hatte mir erzählt, ihr Leben habe erst angefangen, als sie adoptiert worden war. Davor, das sei „like hell" gewesen.

Ich war besonders achtsam und beeilte mich bei der Untersuchung. Ihr Muttermund war erst drei Zentimeter geöffnet. Ich vermutete, dass der Kopf des Kindes noch nicht ideal im Becken eingestellt war. Also schlug ich Sarah-Beth einige Übungen vor, die dabei helfen sollten, dass die Geburt in Schwung käme. So machten wir die nächsten Stunden Kniebeugen, Bauchkreisen und ich bearbeitete ihren Bauch mit dem Rebozo-Tuch. Sie setzte sich in den Pool und schlief sogar eine Weile. Sohn und Mann machten mit oder unterstützen sie, wo sie nur konnten, denn mittlerweile war es später Nachmittag geworden.

Gerade wollte ich ihr das Beckenschütteln schmackhaft machen, als sich Sarah-Beth sicher war, wie es weitergehen solle: Sie wollte jetzt auf der Stelle ins Krankenhaus fahren, dort eine PDA bekommen, ein, zwei Stunden schlafen und schließlich das Baby gebären.

Ich machte sie vorsichtig darauf aufmerksam, dass man manchmal im Krankenhaus mehr bekommt, als man sich wünscht, doch sie war fest davon überzeugt, ihren Willen auch dort durchsetzen zu können. Nachdem ich ihr noch ins Gedächtnis rief, dass ich im Krankenhaus nicht als ihre Hebamme fungieren dürfe und sie lediglich als Begleitperson unterstützen konnte, telefonierte ich mit der diensthabenden Hebamme auf der Geburtenstation, sagte Bescheid, dass wir nun in der nächsten Stunde kommen würden, und deponierte auch schon den Wunsch nach einer PDA.

Am Krankenhausgang kam mir eine ältere Hebammenkollegin mit klackernden Schuhen entgegengestürmt. Sie sah mich an und sagte: „Du weißt ganz genau, solche Frauen gehören zu uns!" Ich entgegnete ruhig: „Du kennst meine Einstellung zu dem Thema. Jetzt sind wir ja da."

Als Erstes sollte eine vaginale Untersuchung bei Sarah-Beth gemacht werden. Ich wies die diensthabende Hebamme noch darauf hin, bitte vorsichtig vorzugehen, da die Frau Missbräuche in der Vergangenheit erlebt habe. Drei Zentimeter. Ich bekam die Instrumente für einen Einlauf in die Hand gedrückt, das solle ich jetzt machen, „damit was weitergeht". Doch da ich keinen Vertrag mit dem Krankenhaus hatte, durfte ich auch keine medizinischen Handlungen hier übernehmen. Ich war jetzt nur noch die Begleitperson. Der Einlauf wurde dann übrigens nie gemacht.

Ein paar Minuten später stand die Anästhesistin in der Tür und meinte abschätzig: „Puh, das wird aber nicht gehen! Da sind die Nadeln zu kurz." Ich sah sie an und erinnerte sie daran, dass sie es sicher nicht zum ersten Mal mit einer starkgewichtigen Patientin zu tun habe. Irgendwo im Krankenhaus müsse es längere Nadeln geben. Keine zehn Minuten später war sie mit dem passenden Werkzeug zurück.

Sarah-Beth hatte zwar nicht wörtlich verstanden, was los war, aber sehr wohl die Stimmung mitbekommen und sich alles zusammengereimt. Also beschloss sie, die Ärztin beim Stechen der PDA anzufeuern: „You can do this! Trust in yourself. Just be brave. Do it!"

Mich wunderte es gar nicht, als Sarah-Beth mir viele Treffen später sagte, dass sie sogar Captain des Cheerleaderteams in ihrer Highschool gewesen war. Stolz führte sie aus, dass sie sich noch kein Mal von etwas abhalten hatte lassen wegen der Fülle ihres Körpers. Sie sei gelenkiger als all die dünnen Mädels gewesen und niemals wegen ihres Gewichtes gemobbt worden. Damals jedenfalls. In den USA. Hier sei das anders ...

Die Anästhesistin, die sich bei der Fülle an Motivationssprüchen das Grinsen nicht verkneifen konnte, meinte: „Normalerweise höre ich nur Schluchzen, wenn überhaupt."

Dann stach sie eine perfekt sitzende Walking Epidural. Schmerzbefreit beschloss Sarah-Beth, gleich aufzustehen und noch ein wenig zu spazieren. Die Entspannung zeigte bald Wirkung und die Fruchtblase sprang. Daraufhin wollte die Ärztin ein Antibiotikum anhängen, um eine Infektion zu vermeiden. Sarah-Beth wollte das zwar ganz und gar nicht, teilte jedoch meine Überlegungen, dass es gescheiter sei, nicht alles abzulehnen, was ihr hier im Krankenhaus vorgeschlagen wurde.

Als sie wieder vaginal untersucht werden sollte, kaum 40 Minuten nach dem letzten Mal, verweigerte sie das. Die Ärztin konnte damit nicht umgehen. Sie schnalzte sich die Gummihandschuhe von den Fingern und warf sie wortlos in die Ecke, als sie das Zimmer verließ.

Wenig später kam sie mit einem anderen Arzt und zwei Schwestern zurück. Zusammen wollten sie Sarah-Beth dazu bringen, sich ein Wehenmittel anhängen zu lassen. Diese jedoch war aber ganz entgeistert und fragte nach einigen Sekunden der Sprachlosigkeit mit offenem Mund, ob sich die Ladies und der Gentleman denn bewusst seien, wie gefährlich das für eine Mutter mit dem Status Post Sectio sei – und zwar im Hinblick auf das Uterusrupturrisiko. Sie zitierte zwei aktuelle Studien zu dem Thema, die in einem renommierten Ärztemagazin erschienen waren, und das wiederum machte die Anwesenden sprachlos. „So, are you kidding me?"

Dann gähnte Sarah-Beth elegant und meinte, wie müde sie nun sei und dass sie jetzt wirklich ein wenig Schlaf brauchen würde. Da Adam mittlerweile an ihrer Seite war und ich gerne zu Archie nach Hause wollte, der sich am Vormittag im Kindergarten seinen Arm verstaucht hatte, verabschiedete ich mich von Sarah-Beth. Ich sagte ihr, dass sie sich jederzeit melden solle. Doch sie war zuversichtlich, dass alles laufen würde, wie sie es vor sich sah: Nach zwei Stunden Schlaf würde sie ausgeruht aufwachen und dann bald ihr Kind gebären. Adam erzählte mir noch unter vier Augen, dass er am Gang einem aufgelösten Arzt begegnet sei, der ihn gefragt habe: „Sind Sie etwa der Mann von der dicken Amerikanerin?"

Was dann in dieser Nacht folgte, hat mir Sarah-Beth ausführlich am Tag nach der Geburt geschildert: Sie bekam ihre zwei Stunden Ruhe, fast zumindest, und konnte sogar recht gut schlafen in der Zeit. Sie wachte von selbst auf, hatte einen starken Drang sich zu bewegen, aufzustehen und sich ans Bett zu lehnen. Sie hatte Presswehen, wie sie der Hebamme erklärte, die bald ins Zimmer kam. Ungläubig bestand diese darauf, Sarah-Beth zu untersuchen. Die Schwangere ließ sie gewähren und die Hebamme stellte staunend fest, dass der Muttermund verstrichen und der Weg für das Baby somit frei war.

Bald darauf war im Zimmer eine Ärztin zugegen, die Sarah-Beth jetzt Wehenmittel intravenös geben wollte. Doch die bestand darauf, dass Bewegung und ein bisschen Zeit reichen würde, um den Dingen ihren Lauf zu lassen. Adam ergänzte später, dass er seine Frau noch nie so sicher und überzeugt gesehen habe. Er selbst habe dieses Mal nicht eine Sekunde gefürchtet, dass etwas nicht stimmen könne.

Da das CTG bei Bewegung nicht richtig arbeitete, wurde Sarah-Beth angehalten, im Bett liegen zu bleiben. Eine Position, die nicht angenehm war für sie, doch sie fügte sich.

Nach einiger Zeit kam ein anderer Arzt ins Zimmer. Er war sehr aufgebracht und meinte, das CTG zeige an, dass es dem Kind nicht gutgehen würde. Sarah-Beth, die sich auch über diesen Aspekt umfassend informiert hatte, widersprach. Sie forderte den Arzt auf, wenn schon, dann genau auf das Gerät zu schauen. Dass sie ihr Kind gut spüren konnte, das wollte er nicht einmal hören. Der Arzt fing an, auf sie und ihren Mann einzureden. Dass sie das Wohl ihres Kindes gefährdeten, unverantwortlich handelten und somit auch das Leben ihres Erstgeborenen zerstören würden. Nur ein Notkaiserschnitt könne sie jetzt noch retten. Mit den Worten, dass beide ins Gefängnis eingesperrt werden sollten, verließ er das Zimmer.

„Und endlich konnte ich mich wieder auf das Kind konzentrieren, die labour und pushing", berichtete Sarah-Beth erleichtert. „Bis dann der andere Doktor kam ...“ – sie verzog dabei ihr Gesicht und riss die Augen auf.

Sie erzählte, dass sie gerade dabei gewesen sei, eine besonders intensive Wehe zu veratmen. Dazu habe sie am Bett gelehnt, nach vorne gebeugt. Adam stand vor ihr um ihr Halt zu geben. Beide atmeten und tönten mit geschlossenen Augen. Als die Wehe vorbei war und sie die Augen wieder öffneten, war plötzlich ein Mann im Zimmer. Es war drei Uhr in der Früh und er stellte sich als Psychologe vor, der Sarah-Beth nur drei Fragen stellen wollte, nein, sollte. Sie musste laut lachen. Wie er hereingekommen war, ohne zu klopfen oder auf sich aufmerksam zu machen, das war ihr in dieser Situation fast egal. Aber sie fragte ihn, dabei schon wieder etwas schwerer atmend: „Wie stellen Sie sich das vor? Ich bekomme jetzt mein Kind, danach können wir gerne über alles reden!“

Adam begleitete den Mann hinaus und antwortete noch auf ein paar seiner Fragen. „Er ist ein sehr gut erzogener Mann, mein Adam. Ich kann ja meine gute Erziehung schon mal vergessen, wenn es nötig ist!“

Während Sarah-Beth am Weg auf die Toilette war, musste Adam quasi dabei zusehen, wie der Psychologe eine Vollmacht unterzeichnete, die die Unzurechnungsfähigkeit seiner Frau besagte. „Armer Adam! Er hat mir später erzählt, dies sei der Augenblick gewesen, in dem er fast umgefallen wäre. Nicht von Blut, aber von der Tinte. Crazy!“

Sarah-Beth rief nach ihrem Mann und er fand sie am Klo sitzend, den Kopf des Kindes bereits in den Händen spürend. Er brachte sie zum Bett und klingelte nach der Hebamme, die die Situation wieder etwas anders einschätzte.

„MY BABY IS COMING!“, brüllte Sarah-Beth mit aller Kraft, spreizte die Beine, und unter dem Ausruf der Geburtshelferin „Scheiße, der Kopf kommt!“ wurde der kleine Sohn Joseph geboren. Die Hebamme legte ihn gleich auf die Brust seiner Mutter, tupfte ihn sanft trocken und wickelte eine Decke um ihn. „Diese zehn Minuten waren wonderful! Perfect as my little boy!“

Mit der Rückkehr des Arztes wurde es noch einmal stressig, denn obwohl es Joseph gut ging, bekam er eine Atemmaske, wurde aufs Reanimationsbett gelegt und ein Kinderarzt gerufen, der sich jedoch nach nur fünf Minuten unbesorgt wieder verabschiedete: „I guess they had to finish their drama! But I won!"

Danach sei noch ein weiterer Psychologe gekommen, um den Sachverhalt zu klären. Er war ganz ruhig, unterhielt sich mit Sarah-Beth, schüttelte abschließend den Kopf und meinte, dass alles in bester Ordnung sei und er den Wirbel nicht verstehen würde.

Ich beglückwünschte Sarah-Beth zur Geburt ihres Sohnes und dazu, dass sie sich währenddessen nicht zu etwas drängen hatte lassen.

Einige Wochen konnte Sarah-Beth die Idylle mit ihren Kindern genießen, doch dann rief sie mich wieder an. Sie war sehr aufgebracht und sagte, dass sie sich das alles nicht gefallen lassen wollte. Sie einfach als unzurechnungsfähig zu bezeichnen, das gehe zu weit. Außerdem schien es ihr doch sehr komisch, dass sie bis heute keinen Patientenbrief vom Krankenhaus bekommen habe, obwohl sie diesen bereits mehrmals schriftlich und mündlich angefordert hatte.

Also machte sie einen Termin bei der Patientenanwaltschaft und ich begleitete sie dorthin. Schnell war klar, dass es einiges an Ausdauer, Geld und vor allem einen unabhängigen Arzt brauchte, der die Aussagen von Sarah-Beth bestätigen musste. Der Dame, mit der wir darüber sprachen, war es richtig unangenehm, dass sie Sarah-Beth mit ihrer heftigen Geschichte nicht helfen konnte. Sie riet zu einer klärenden Aussprache mit dem Primar des Krankenhauses. Doch die Reaktion auf den Brief, in dem Sarah-Beth um ein Gespräch bat und um einen Termin ersuchte, war anders als erwartet. Irgendwann bekam sie einen Brief zugestellt mit einem knappen Statement des Krankenhauses. Ein Gespräch sollte nie stattfinden.

Mittlerweile lebt Sarah-Beth wieder in Amerika, auf einer Ranch in der Nähe ihrer Eltern. Adam und sie züchten Rinder und haben einen Biogemüsegarten mit Hofverkauf, ganz „Austrian-Style", wie sie sagt.

Ihr drittes Kind hat Sarah-Beth ohne medizinische Unterstützung zu Hause bekommen. Die Geburt war ruhig, selbstbestimmt und ohne Drama, an einem 25. November, dem internationalen Tag für eine gewaltfreie Geburtshilfe.

Zurzeit ist sie mit ihrem vierten Kind schwanger und hat mir gerade zwei Flugtickets nach Amerika für Archie und mich gemailt.

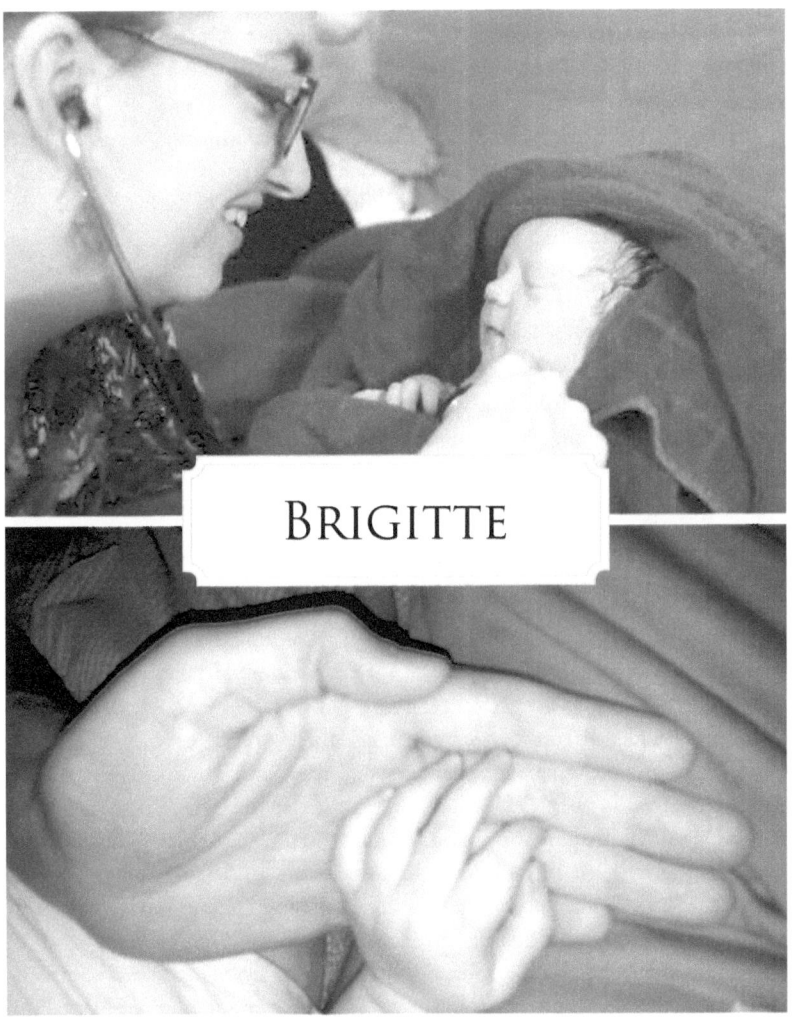

BRIGITTE

Margarete übernimmt die kleine Sophie von
der Kinderkrankenschwester und legt sie
umgehend auf die Brust der Mama.

Sophie sollte nicht das einzige Kind des Paares bleiben ...

Die Ärzte im OP wurden immer lauter, einer schrie fast zum anderen Ende des Raumes, wo der Oberarzt gerade beim Telefon stand – doch Serge blieb ruhig. Als ob nichts passiert wäre.

Er streichelte die Stirn seiner Frau Brigitte. Dann, mit dem Daumen und viel langsamer, die Wange seiner Tochter Sophie. Brigitte war ganz sicher gewesen, vor ein paar Minuten, als die Kinderkrankenschwester ihr die Kleine in Sichtweite hielt, dass dies ihr Name sein sollte: „Sophie, Sophie, da bist du ja, unsere Kleine! Endlich, wir haben dich schon erwartet, mein Mäuschen. Wir lassen dich nicht mehr los!"

Ich übernahm das Kind und legte es der Mutter auf die Brust. Schon schmatzte das kleine Mädchen. Also unterstützte ich sie beim ersten Stillversuch. Angedockt, juhu!

Serge schaute zu, beobachtete seine Familie. Das erste Kennenlernen der zwei mit ihrem Kind. Die Liebe, die da plötzlich ist, diese Liebe auf den ersten Blick. Eltern und Kind.

Doch hinter dem grünen OP-Verhang wurde es hektisch: Stimmengewirr, das Klappern von Skalpell und Sauger. Serge hörte es. Ich hörte es. Doch Brigitte und Sophie konnte beim Kennenlernen nichts stören.

Nach der Geburt war eine sehr seltene Komplikation eingetreten: Die Plazenta ließ sich nicht lösen. Ich stand von meinem Hocker auf und lugte hinter das Tuch. Die Gebärmutter ragte halb aus dem Bauch der Mutter. Der operierende Oberarzt untersuchte sie und zeigte auf eine Seite: „Da, da überall ist sie mit dem Uterus verwachsen, das habe ich so noch nie gesehen. Herbert, was sagst du?" Eine kurze Stille der Ratlosigkeit. „Das ist mir auch noch nicht untergekommen ... Ja, und jetzt?", fragte der Assistenzarzt. Ich schaute auf das Auffanggerät des Absaugers, es war nur einen Fingerbreit mit Blut gefüllt. Das war gut, denn es deutete darauf hin, dass es sich noch um keine akute Notsituation handelte. Eine Hysterektomie stand im Raum, die Entfernung der Gebärmutter. „Ich ruf im Städtischen Krankenhaus an", sagte der Oberarzt. Ich setzte mich wieder auf meinen Platz. Auf unserer Seite des Vorhangs, da war alles gut.

Serge hatte ich einige Zeit vor seiner Frau kennengelernt. Er wurde mir als absoluter Spezialist in Computerdingen empfohlen, hatte seine eigene Zwei-Personen-Firma und führte mobile Reparaturen für technische Gegenstände aller Art durch: Handys, Rechner, Mikrowellen und sogar Bügeleisen machte er wieder heil. Ich rief ihn damals wegen eines dringenden Termins bei mir an, weil meine Computerprogramme ständig abstürzten.

Und das mit Vorliebe, während ich die Steuerunterlagen eingab – als wäre diese Arbeit nicht Strafe genug.

Entnervt tippte ich seine Nummer in mein Handy. Mit einem sympathischen französischen Akzent versicherte mir Serge, dass er vieles gleich vor Ort beheben könne. Aber wenn es schlimm sei: „Oh lala, dann muss isch ihn mitnehmen, den Patienten!" Hey, normalerweise spreche nur ich über Patientinnen, dachte ich lachend bei mir.

Schon am nächsten Tag rückte Serge mit einem Koffer an. Er war mit einer dunkelblauen Kappe und einem Polo-Shirt derselben Farbe bekleidet, ein bisschen erinnerte er mich an Super Mario aus dem Game-Boy-Spiel.

Auf beiden Kleidungsstücken war eingestickt: „Le Serge – der wird es schon richten / Sie fluchen, ich repariere"

Ich grinste, deutete auf die Schrift und fragte: „Sicher, versprochen?" Er nickte: „Meist schaff isch das." Tatsächlich war er nach einer halben Stunde fertig und alle Programme funktionierten wieder einwandfrei. Er erklärte mir den Grund für die Softwareprobleme, doch ich vergaß ihn gleich und merkte mir nur seine Worte: „War nischt Ihre Schuld!"

Glücklich, dass nun alles wieder benutzbar war, bezahlte ich die Rechnung und brachte Serge zur Tür, wo er sich meine Hebammentasche ansah. Er stutzte: „Sind Sie Hebamme, darf isch Sie fragen?" Ich bejahte und er erzählte strahlend von seiner Großmutter, die diesen Beruf für über 40 Jahre ausgeübt hatte, in einem kleinen Ort in Südfrankreich. „Meine Grand-Mère Sophie! Sie hat das ganze Dorf auf die Welt gebracht! Und als genügend von ihnen erwachsen waren, dann die Kinder und schließlich die Kinder von die Kinder." Er lächelte und seine Wangen wurden dabei rosig. Es war wohl die Art von Erinnerung, die von besonders liebevollen und warmen Gedanken bestimmt ist.

Genau in dieser Art blickte er, als er seine kleine Sophie zum ersten Mal sah. In dem Moment, als die Ärzte entschieden, dass Brigitte ins Städtische Krankenhaus verlegt werden solle, wurde sein Blick nur kurz durch starke Linien zwischen seinen Augen durchbrochen. Er flüsterte seiner Frau etwas ins Ohr. Wenige Tränen kullerten den beiden über die Wangen und er drückte ihr einen Kuss sanft auf die Stirn. Brigitte bestand nämlich darauf, dass Serge mit ihrer Kleinen bald nach Hause gehen sollte, weil er sie nicht ins Städtische Krankenhaus begleiten durfte.

Der Sanitäter machte große Augen. Er fragte, ob das ein Scherz sei, als man ihm erklärte, dass die Plazenta noch im Uterus sei und man die Frau lediglich notdürftig zugenäht hatte. Auch ich sollte nicht mit der Mutter fahren, also verabschiedete ich mich draußen im Krankenwagen von ihr und fragte noch ein letztes Mal, ob ich sie wirklich nicht begleiten dürfe: „Nein, bitte bleib bei Serge und Sophie ... die Kleine, die zwei verstehen ja gar nicht, was sie nun tun müssen ... Sie brauchen dich! Ich komme zurecht, die Ärzte wissen schon, was sie tun!" Im Städtischen Krankenhaus würde eine Freundin auf sie warten, eine gute Kollegin eigentlich, das erwähnte sie immer wieder.

Ich bewunderte Brigitte. Sie war ihrem Mann aus Frankreich hierher in dieses fremde Land gefolgt. „Ohne zu überlegen", hatte er mir erzählt. Als Übersetzerin unter anderem für Deutsch war ihr die Sprache zwar nicht fremd, Familie oder gute Freunde, wie sie in einer solchen Situation dringend gebraucht werden, fehlten ihr aber.

„Ohne zu überlegen" hatte sie auch entschieden, das, was nun in der großen Klinik auf sie zukommen möge, allein zu bewältigen. Ich ging in das Kreißzimmer, wo ich Serge mit nacktem Oberkörper fand. „Sie ist eingeschlafen", sagte er stolz über das kleine Bündel in seinen Armen. Wir redeten eine Weile darüber, was Sophie generell brauchen würde in den nächsten Tagen, und dann, wie es mit Brigitte weitergehen würde.

Serge strich über den Bademantel seiner Frau, der vom Bett herunterhing. „Ich ... das ging sehr schnell. Ich kann das noch nicht alles glauben."

Jetzt liefen viele Tränen über seine Wangen. Er schluchzte und auch ich wischte meine Augen ab.

Vor zwölf Stunden waren wir zu dritt ins Krankenhaus gekommen, um die Geburt des ersten Kindes der beiden stattfinden zu lassen. Brigitte hatte sich sehr früh für mich als Hebamme entschieden, nur Serge war, seinen Aussagen nach, noch früher sicher gewesen, dass ich die richtige Betreuung für die beiden sei, denn ich erinnerte ihn sehr an seine Oma.

Leider hatte Brigitte bereits im zweiten Trimester große Probleme mit ihrem Blutdruck bekommen. Dazu gesellte sich später der Verdacht einer beginnenden Schwangerschaftsvergiftung und das Baby befand sich in Steißlage. Zu viele kritische Punkte für mich, um eine Hausgeburt durchzuführen.

Weil ich die beiden nicht hängen lassen wollte, fanden wir zu einem schönen Kompromiss: Ich machte eine Ausnahme und entschied, sie als Wahlhebamme in das Krankenhaus ihrer Ortschaft zu begleiten. Es war schon komisch, für diese zwei vorgeschriebenen Tage der Einschulung wieder auf einer Geburtenstation zu werken. Alles war getaktet, routiniert, gar nicht ruhig und entspannt wie bei einer Geburt zu Hause. Doch in diesem Fall gab es keine Alternative.

Einen Tag vor dem errechneten Geburtstermin platzte die Fruchtblase. Brigitte hatte starke Wehen, als wir den Kreißsaal erreichten. Zuerst schien alles nach Plan zu laufen. Doch dann, bei zehn Zentimetern, stagnierte der Geburtsprozess. Der Muttermund war geöffnet, aber der Popo des Kindes hoch oben.

Die Wehen blieben stark. Wir bekamen von Seiten des diensthabenden Arztes jede Unterstützung und viel Zeit, er war auch einer der wenigen Geburtshelfer in der Umgebung Wiens, die Beckenendlagen spontan entbanden, weil er es noch lernen durfte in der Ausbildung. Irgendwann schaute mir Brigitte in die Augen und sagte: „Stimmt's, Margarete, es geht nix weiter?" Ich nickte und da war für alle Beteiligten klar, dass die Geburt mit einem Kaiserschnitt beendet werden würde.

Auch dieser Weg war zu Anfang sehr stimmig. Ich ließ Serge und Brigitte bis auf das Umziehen in sterile Kleidung nicht alleine, und während der Operation konnte ich erklären, was gemacht wurde. Nach der Entbindung nahm ich das Baby in Empfang. Die Komplikation hatte sich nicht angekündigt. Ich dachte mir, dass es ganz erstaunlich ist, wie oft die ungeborenen Kinder einen sechsten Sinn haben, was ihren Weg auf die Welt angeht. Wäre die kleine Sophie nämlich spontan gekommen, hätte man erst viel später entdecken können, dass die Plazenta derart stark mit der Gebärmutter verwachsen ist. So spät, dass man sie vielleicht unter großem Blutverlust zu lösen versucht hätte. Ich wollte gar nicht weiterdenken, was ein solches Szenario bedeutet.

Einmal war mir schon etwas Ähnliches bei einer Geburtsbegleitung passiert. Damals war es beim Kaiserschnitt, der aus eben diesem Grund, weil stundenlang kein Geburtsfortschritt stattfand, gemacht wurde, plötzlich zu sehr starken Blutungen gekommen. Die Mutter musste sofort mit Bluttransfusionen versorgt werden und lag Tage auf der Intensivstation. Fast wäre es fatal ausgegangen.

Sophie schlief seit zwei Stunden ruhig auf Serges Arm, als sein Handy klingelte. Sofort begann er zu zittern. Ich nahm das Baby, damit er in Ruhe reden konnte. Nach ein paar Minuten reichte er mir das Telefon, weil Brigitte meine Meinung wissen wollte zu den ihr vorgeschlagenen Optionen der Behandlung. Ihre Kollegin hielt das auf Lautsprecher gestellte Handy an Brigittes Mund. Sie hörte sich müde, aber klar an, als sie zu sprechen begann: Auch das Ärzteteam im Städtischen Krankenhaus hatte erst eine Handvoll solcher Fälle gesehen. „Das haben sie mir gleich offen gesagt." Trotzdem wollten sie die Gebärmutter nicht sofort entfernen, sondern versuchten, das Organ zu retten. „Es ist ein Glück, dass ich kaum blute. Doch den Uterus rauszunehmen wäre für mich am sichersten. Sonst fallen ihnen nur, sagen wir, experimentelle Behandlungen ein."

Die zwei Möglichkeiten waren: Eine Chemotherapie bei ihr durchzuführen und dadurch das Absterben der Plazenta zu erreichen. Oder lokal ein Gel einzuspritzen, das die Gefäße des Organs verschließen und den Körper in weiterer Folge, vielleicht waren es Wochen oder aber Monate, dazu bringen würde, es zu resorbieren. Die zweite Option war wenig erprobt, weil es kaum Fälle wie den von Brigitte gab. Wenn sie funktionierte, dann war sie allerdings die beste Wahl ...

Der Körper sollte die Plazenta resorbieren – dass das möglich war! Dieser Gedanke stellte mein ganzes Weltbild auf den Kopf, weil ich als Hebamme immer besonders darauf achten musste, dass die gesamte Plazenta nach der Geburt den Körper verließ.

Serge und ich redeten mit Brigitte am Telefon und das Fazit an diesem Abend war, dass sie es mit dem Gel versuchen würde.

Am nächsten Tag holte ich Serge und Sophie aus dem Krankenhaus ab. Sie waren über Nacht geblieben; wohl nur aus dem Grund, weil Serge den Schock des letzten Tages verdauen musste und nicht unmittelbar alleine mit seiner neugeborenen Tochter nach Hause fahren wollte.

Serge war ganz der Techniker. Ein einziger, wie es schien geübter Handgriff, und die Kleine war in der Babyschale perfekt angegurtet. „Ich hab' wirklich noch nie gesehen, wie ein gerade erst gewordener Papa oder eine Mama das so schnell hinbekommt!", sagte ich fasziniert zu ihm. Stolz grinste er und meinte nur: „Na, ich hab' mir einmal die Beschreibüng ordentlich durchgelesen, da steht es alles drinnön!"

Wir bogen mit meinem Hebammen-Mobil in eine Wohnsiedlung ein: Der Badeteich glitzerte in der noch schwachen April-Mittagssonne, ein paar ältere Kinder warfen Bälle in einen Basketballkorb, eine Gruppe kleinerer Kinder, vielleicht zwischen sechs und acht, fuhr mit ihren Rollern eine Einbahnstraße auf und ab. Zwei Mütter spazierten mit geflochtenen Einkaufskörben, aus denen Äpfel, Karotten und Salat ragten, zu ihren Häusern. Ich wartete noch auf ein Lagerfeuer mit einem Gitarrenlehrer, doch die Idylle war auch so perfekt.

Vor Serges Haustür standen noch mehr Mütter. Eine hatte gerade einen pinkfarbigen Luftballon mit der Aufschrift: „It's a girl" an die Türklinke gehängt, als sie ihn sahen. Es dauerte, bis er mit der schlummernden Sophie nur ein paar Schritte entfernt vor ihnen stand, da sagten sie etwas zu ihm. Eine stammelte. Dann meinte die andere lautstark: „Gratulation zur Geburt eurer Tochter!"

Serge lächelte und sagte: „Danke, Merci!"

Schließlich trauten sich auch ein paar im Abseits stehende Männer, sich der Szene zu nähern und Serge auf die Schulter zu klopfen oder ihn lautstark zu beglückwünschen. Vier Aufläufe und zwei Mal Nudelsalat ließen die Nachbarn da, dazu mehrere Päckchen Windeln und Fläschchen: „Weil, naja, mit dem Stillen wird es ja nicht gleich klappen", meinte eine junge Frau, die sich mit dem Namen Lena bei mir vorstellte. Dabei schaute sie zu Boden.

Serge schloss die Tür: „Margarete, die Ärzte würden doch wohl nicht lügen ... Brigitte wird doch wieder gesünd?" Ich beruhigte den Vater und sagte ihm: „Deine Brigitte ist eine starke Frau". Und dass es keinen Anlass gäbe, den Ärzten nicht zu vertrauen. Meinen Erfahrungen nach ist es für das Umfeld auch oft schwer, wenn eine Geburt nicht nach Plan verläuft, denn die Familie findet neben der Sorge um die Liebsten kaum Platz für die eigenen Gefühle. Mit Frühgeburten, Notkaiserschnitten, postpartalen Depressionen oder Ähnlichem kommen die wenigsten gut klar. Verständlich! Manche ignorieren, was passiert ist. Andere hören schweigend zu.

Und dann gibt es noch jene, die kochen. Nudelsalat zum Beispiel. Serge hatte es mit seiner Nachbarschaft gut getroffen, denn viele waren bereit, noch mehr zu tun. Unter Lenas Einteilung bildeten einige Eltern ein „Aufpassrad" für Sophie, damit Serge die Möglichkeit hatte, in den nächsten Tagen viel bei seiner Frau zu sein.

Als wir uns auf die Couch setzten, kullerten die Tränen bei Serge: „Ich finde es trotzdem so lieb, dass sie gekommen sind, um die Kleine zu begrüßen", sagte er.

Die nächsten zwei Wochen besuchte Serge seine Brigitte jeden Tag im fast eine Stunde entfernten Krankenhaus. Von Tag zu Tag ging es ihr besser. Sophie durfte als neugeborenes Baby nicht zu ihrer Mutter auf die Intensivstation. Brigittes Blutdruck war das Einzige, das den Ärzten noch ein wenig Sorgen bereitete, weil er sich nicht optimal unter Kontrolle bringen ließ. Sie rechneten damit, dass es erst dann gut werden würde, wenn die Plazenta resorbiert sei. Wann das sein würde, das konnte noch immer keiner abschätzen.

Nach 19 Tagen kam Brigitte nach Hause, Serge und ich hatten sie vom Städtischen Krankenhaus abgeholt. Wie sie es sich wünschte, war sonst niemand anwesend, als sie endlich ihre kleine Tochter wiedersah. Sie nahm Sophie in den Arm, roch an ihren dunklen, seidig-glatten Haaren und strich über ihre Ohren. Sie zitterte vor Schwäche und Freude. Legte das kleine Mädchen mit dem Kopf auf ihr Herz und schlief ruhig und tief mit ihr eine Stunde auf dem bequemen alten senffarbenen Ledersessel.

Dann wachte Brigitte abrupt auf, mit einem Lächeln, und ihr Gesicht schaute rosig aus, sie wirkte wie neu geboren. Sie wickelte ihr Baby, besah sich den kleinen Körper des Kindes, berührte ihn, der ihr noch so fremd sein musste. Schließlich versorgte sie Sophie mit einem Fläschchen. All das tat die junge Mutter bedächtig, ruhig und ohne Worte. Nur ein Lied summte sie der Kleinen vor. Alles schien, als sei es schon immer so gewesen. Wie sie einander liebten und brauchten. Die zarte junge Mutter und das kleine Kind in ihrem Arm. Dazu der Vater, Serge, der seine kleine Familie beschützte und umsorgte.

Eine Woche hatte die Familie zusammen in ihrem Heim. Dann bekam Brigitte innerhalb von einer Stunde starke Schmerzen in der Bauchgegend und hohes Fieber. Sie brach im Badezimmer zusammen, der weiße Morgenmantel rot von ihrem Blut. Rasch wurde sie ins Städtische Krankenhaus gebracht, wo man ihr ohne Zögern in einer Notoperation die Gebärmutter entfernen musste. Hinter der hohen Temperatur hatte wahrscheinlich eine beginnende Sepsis gesteckt, ein Zustand, der schnell kritisch wird.

Tage vergingen und Wochen. Wann immer Brigitte sich erholte, wurde ihr Befinden kurz darauf wieder schlechter. Sie hatte eine Entzündung des Bauchraumes, der Blutdruck spielte verrückt und sie bekam zeitweise vier verschiedene Arten von Antibiotika.

Serge und ich wechselten uns ab bei den Besuchen. Zeitweise war sie so still und bewegte sich nicht, ich dachte, sie habe schon allen Lebensmut verloren. Der Eindruck täuschte nicht. Im Gespräch mit dem Arzt, bei dem ich an Serges Seite war, machte er uns klar: „Brigitte geht auf Messers Schneide spazieren. Über den Berg ist sie noch lange nicht. Leider lässt sich die Entzündung scheinbar nicht in den Griff kriegen. Wir wissen selbst nicht, wieso ..." Serge konnte sich nur mit Hilfe von Tropfen beruhigen lassen – eine Krankenschwester hatte schnell reagiert, ihn auf einen Sessel gesetzt und ihm die Flüssigkeit samt Wasser zum Runterspülen in die Hände gedrückt. Dann zitterte er. Ich wachte die ganze Nacht mit ihm auf einer Sitzgruppe aus Kunststoff, weil er nicht fähig war, nach Hause zu gehen. Seine Eltern und die Schwiegereltern waren zur Unterstützung angereist und kümmerten sich rührend um Sophie.

Am nächsten Tag schlug ich Serge eindringlich vor, mit dem Arzt aus dem niederösterreichischen Krankenhaus, in dem die Entbindung stattgefunden hatte, zu reden. Dr. Alphons hatte sich immer wieder telefonisch erkundigt, wie es Brigitte gehe, und angeboten zu helfen, wenn er könne. Serge schilderte ihm 30 Minuten lang, wie die Sachlage aussah, dass er Angst habe, weil es kritisch um seine Frau stehe und er das Gefühl habe, jeder noch so kleine Fehler könne ihr in einem großen, anonymen Krankenhaus das Leben kosten. Dr. Alphons versprach, mit ihrem behandelnden Arzt zu sprechen und sich dann zu melden.

Was auch immer der Inhalt des Gespräches war, Brigitte schien es bald besser zu gehen. Zumindest körperlich. Ihre Werte verbesserten sich. Doch die Psyche litt, und bald wirkte sie schwächer als jemals zuvor. Brigitte stand nicht aus dem Krankenbett auf, wollte kaum essen, war teilnahmslos und stumm. Also taten Serge und ich das Einzige, was uns einfiel, um sie aufzuwecken: Wir schlichen uns in der Nacht mit Sophie in Brigittes Zimmer. Ich weiß bis heute nicht, ob wirklich niemand das schreiende Kind gehört hat oder es einfach nicht hören wollte. Aber diese 15, 20 Minuten miteinander gaben Brigitte schließlich so viel Kraft, dass sie nach nur weiteren sieben Tagen entlassen werden konnte. Sie fand sofort in ihre Mutterrolle, als wäre nie etwas gewesen. Einmal, so erzählte mir Serge, während er meinen Computer mit den Steuerdokumenten neu aufsetzte, habe sie ihn traurig angesehen und Tränen seien ihr über die Wangen gelaufen. Er wusste, was sie dachte, und darum versicherte er ihr, dass er auch ohne einen großen Haufen Kinder unendlich glücklich mit ihr und Töchterchen Sophie sei. Sie habe genickt und gelächelt.

Wenn ich heute an Brigitte denke, bekomme ich immer noch Gänsehaut. Was für eine starke Frau! Was für eine Kämpferin! Noch weiß ich zwar nichts davon, dass Brigitte und Serge sich bald bei mir melden werden. Aber das ist auch eine ganz andere Geschichte, die davon handelt, dass ich die Geburt ihres Adoptivkindes begleiten soll ...

WALTRAUD

In der frühen Phase der Geburt wich Tochter
Mia ihrer Mutter nicht von der Seite.

Neben einem zweiten Handy für den Notfall und drei geladenen Akkus lag der Block mit den wichtigen Nummern auf meinem filigranen Sekretär. Als erste hatte ich mir jene von Serge, meinem Computerspezialisten, notiert. Mehrmals versicherte er mir, dass ich ihn bei technischen Problemen Tag und Nacht anrufen dürfe, nein müsse. Dann stand da die Nummer des Hebammenzimmers im Landeskrankenhaus. Ich spürte ein Kribbeln im Bauch und in den Händen. Nervosität? Oder war ich aufgeregt? So viele Schmetterlinge im Bauch! Ich fühlte mich wie vor der allerersten Geburt, die ich begleitet hatte. Kein Wunder, denn das hier, das war wieder etwas ganz Neues für mich ...

Langsam klappte ich den Laptop auf und schaltete ihn ein, um die Dateien zu überprüfen. Das war eine Situation, die ich so noch nie erlebt hatte. Ich schmunzelte. Schon länger hatte ich mit der Möglichkeit gerechnet, insgeheim darauf gewartet, dass es dazu kommen würde. Doch jetzt sollte es ausgerechnet mit Waltraud und Werner passieren. Die Kinderbuchillustratorin und der Landwirt. Die beiden Perfektionisten, die nichts dem Zufall überließen.

Ich schaute auf die Wand hinter meinem kleinen Arbeitsplatz, die mit Babybildern volltapeziert war. Das größte und bunteste, das einzige, das wirklich nicht zu übersehen war: Das von ihrer Tochter Mia.

Um das Babybild herum, das ein kleines Wesen zeigte, um dessen Kopf viele kleine gelbe, blaue und rosafarbige Blumenblüten gestreut waren, befand sich ein Passepartout. Auf diesem hatte Waltraud mit Pastellbuntstiften weitere Blumen und Ranken und Blätter gezeichnet. In einer detaillierten Zartheit, die viel Zeit verschlungen haben musste. Und dann war auch am Bilderrahmen das Thema weiter ausgeführt – echte Seidenblumen schmückten den Rand.

Dieses Bild symbolisierte ganz genau, wie ich Waltraud und Werner in der ersten Schwangerschaft kennengelernt hatte: überschwänglich, herzlich, perfekt. Immer stand für mich etwas zum Essen bereit, wenn ich zum Hausbesuch kam. Jedes Mal war neben einer zentralen Frage, die mir das Paar stellte, ein weiterer Punkt von ihrer To-do-Liste für das Baby abgehakt. Sie zeigten mir den Wärmestrahler über dem Wickeltisch, für den Fall, dass die Kleine frieren würde beim Anziehen nach dem Baden. Einmal bekam ich die 60 Babybodys, für die nächsten drei Jahre nach Größe und Farben sortiert, präsentiert. Sie waren der Meinung: Wieso warten, wenn man das gleich erledigen kann. Windeln aller Marken und Texturen lagen zum Testen bereit und die Eltern in spe hatten drei in Frage kommende Mädchennamen vorbereitet, um nach der Geburt einen wählen zu können. Kurz: Die beiden waren von meinen Hausgeburtspärchen jenes, das auf alle Eventualitäten vorbereitet schien. Soweit es jedenfalls möglich war, sich auf dieses alles auf den Kopf stellende Erlebnis Geburt vorzubereiten, dachte ich manchmal insgeheim, hätte es ihnen aber so nicht gesagt.

Der Geburtstermin ihrer Tochter rückte näher, das Paar legte los: Waltraud machte ihre Atemübungen und Yogadehnungen, Werner sagte ihr Mantras vor. Es wurden Lieder für die Phasen der Geburt ausgesucht und probegehört. Waltraud versuchte sich an ein paar Gebärpositions-Trockenübungen, die sie im Geburtsvorbereitungskurs gelernt hatte.

Ganz nach Plan laufend glich die Geburt, die schließlich im Bett der beiden stattfand, der gelungenen Premiere eines Stückes, für das die Akteure viel geprobt hatten, damit es reibungslos ablief. Ich stand daneben und hatte nur hie und da einen Auftritt: Beim Untersuchen des Muttermundes und schließlich, als das kleine Mädchen herausglitt in meine Hände, zur Arie der „Königin der Nacht".

Die Geburt war stimmig für alle Beteiligten gewesen und die Eltern lebten sich schnell und natürlich perfekt in ihre neue Rolle ein.

Ein Jahr nach diesem Auftritt rief mich Waltraud an und erzählte mir, dass sie nach Vorarlberg ziehen würden: „Ich glaub', ich hab' es schon einmal erwähnt, dass Werner nun den Hof der Eltern wieder übernimmt."

Ihr Mann habe diese Tätigkeit nur für ein paar Jahre unterbrochen, um in Wien im Landwirtschaftsministerium zu arbeiten, und es sei immer klar gewesen, dass sie eines Tages dorthin zurückkehren würden.

„Wir sind quasi schon abfahrtsbereit, Margarete, in einer Woche schon weg – aber da hat sich noch ein blinder Passagier dazugeschlichen."

Die junge Frau lachte. „Ich bin wieder schwanger, Margarete! Und bitte, hast du einen Kontakt zu einer Hebamme im Ländle?" Waltraud meinte, dass es erst die zehnte Schwangerschaftswoche oder so sein könnte. Sie würde sich erst, wenn sie in Ruhe angekommen waren, in Vorarlberg einen Arzt suchen. Ich gratulierte ihr zu den schönen Neuigkeiten und versprach, Kontaktdaten von Kolleginnen zu schicken.

Wir blieben lose über die nächsten Monate hinweg in Kontakt. Als Waltraud im siebten Monat war, rief sie mich an und war sehr aufgebracht. „Margarete, ich weiß nicht, was ich machen soll. Plötzlich will mich meine Hebamme doch nicht zu Hause begleiten. Ich soll ins Krankenhaus gehen und sie würde dorthin mitkommen ..." Wir redeten über die ganze Situation. Ich hatte schon früher mitbekommen, dass es zwischen Waltraud und ihrer Hebamme nicht optimal harmonierte. Vielleicht war das auch der Grund, weshalb diese die werdende Mutter nicht zu Hause betreuen wollte, aber das vermutete ich nur, weil ich die Kollegin nicht persönlich kannte.

Gerade überlegte ich angestrengt, wer in dieser Situation einspringen könnte, da fragte Waltraud entschlossen: „Margarete, würdest du uns bei der Hausgeburt via Skype begleiten?"

Stille. Wie bitte, hatte ich richtig gehört? Eine Hausgeburt mit Videochat? Ja, das hatte sie mich gefragt. Und nun, was sollte ich sagen?

„Wir müssen uns natürlich einige Dinge dazu überlegen, wie wir das angehen, aber ja. Ich kann mir das schon vorstellen ...", platzte es aus mir heraus. Ich erinnerte mich daran, von Hebammen in den USA und Kanada gehört zu haben, die Geburten auf dieser Art beiwohnten.

Kurz nach dem Gespräch bekam ich weiche Knie und setzte mich hin, um sofort einige Notizen zu machen: Eine rufbereite Hebamme musste als Backup erreichbar sein. Mit Werner würde ich mich vorher über einiges unterhalten; er war quasi die Hebamme vor Ort. Dann müsste ich mich erkundigen, welches Krankenhaus in der Nähe war, vielleicht sollte sich Waltraud noch anmelden, damit bei einer Verlegung ihre Daten bereits vor Ort wären. Doch ich hatte das deutliche Gefühl, die Geburt würde ohne Probleme passieren ...

Zwei Wochen vor dem Geburtstermin lag bei mir alles bereit, um die werdenden Eltern bei der „Skype-Hausgeburt" zu begleiten. Ich ertappte mich dabei, wie bei jedem Klingeln meines Handys mein Herz zu rasen begann. Ist Werner dran, geht es los? Das fragte ich mich mindestens drei Mal am Tag.

Weihnachten näherte sich und damit auch der errechnete Geburtstermin. Es war der späte Abend des 23. Dezembers. Die Kekse, die ich mit Archie gebacken hatte, standen für den nächsten Tag bereit, und als ich gerade das goldene Engerl auf die Spitze des Weihnachtsbaumes gesetzt hatte – dieses Mal, ohne meinen Finger an seiner Metallposaune zu stechen und mit großer Freude, alle Vorbereitungen rechtzeitig erledigt zu haben –, klingelte mein Telefon im Ton von Carmens „Auf in den Kampf, Torero". Es war Werner.

Sehr ruhig erklärte er mir, seine Wehen-App sei zu 79 Prozent sicher, dass es sich um die Eröffnungsphase der Geburt handelte. Vor etwa zwei

Stunden habe Waltraud ein Ziehen gespürt. Zuerst sei sie überzeugt gewesen, es sei das Abendessen, das in ihr rumorte: „Diese Würstl mit Sauerkraut liegen mir wie ein Stein im Bauch." Doch das Gefühl wurde nur stärker und rhythmischer, auch in der Badewanne hörte es nicht auf, also kam die App zum Einsatz.

Nach dem ersten Gespräch wechselten wir auf Skype. Ich setzte mich vor meinen Laptop, Werner nahm sein Tablet in die Hand, um mich zu Waltraud zu bringen.

„Bevor ich weitergehe, muss ich dir noch etwas sagen ...," meinte er grinsend. „Die Waldi ist noch ein bisschen herumgegangen, um die Wehen zu verstärken und zu atmen ... Dann hat sie sich eingebildet, noch in den Pferdestall zu schauen. Ja, und du weißt, sie hat wieder richtig arge Schmerzen an der Symphyse. Also hat sie sich bei einer starken Wehe hingehockt, um sie zu veratmen, und jetzt kommt sie nimmer auf. Waldi ist im Stall und glücklich, aber wir können's nicht rüber ins Haus bringen. Wenn wir sie anheben, dann schreit's wegen dem Rücken."

Er redete weiter, dass sie bereits die Stallheizung weiter aufgedreht und Strahler neben sie platziert hätten. Decken und Pölster lägen bereit und das Stroh sei frisch und schon bedeckt mit Leintüchern und und und.

Ich beruhigte ihn und meinte, dass ein Wohnraum auch nicht unbedingt steril sei. Die Hygiene spiele nur in gewissen Situationen eine übergeordnete Rolle.

Werner endete mit einem fetten Grinser: „Das hat die Waldi sicher nicht gedacht, dass sie ein lebendiges Krippenspiel sein wird ..."

Schon bog er um die Ecke und ich sah, wie Waltraud im Stroh saß, ihre Arme über einem Hocker hingen und sie konzentriert atmete. Ein braunes Pferd aus der Stellbox nebenan schnaubte in ihre Richtung, als wolle es die Frau anspornen. Die Wehe war nach einigen Sekunden vorbei und ich sprach mit der Mutter. Sie fühlte sich gut und meinte nur: „Das hab' ich so nicht geplant!"

Ich versicherte ihr, dass Kinder ihren eigenen (Geburts)weg gingen und das für uns Eltern oft eine Herausforderung sei – im besten Sinne, denn wir könnten lernen, nicht immer die Kontrolle zu haben, sondern bisweilen ohne beantwortete Fragen loslassen zu müssen. Sie lachte, und dann kam schon die nächste Wehe. Für mich war der kurze Abstand das Signal für einen Satz, den ich immer schon sagen wollte: „Hol heißes Wasser und saubere Handtücher, Werner!"

Er grinste und nahm das Tablet die paar Schritte mit: „Oder kann ich mir auch einfach hier die Hände waschen?" Der Bildschirm zeigte mir ein recht schickes Badezimmer, das mit Seife, Desinfektionsgel und Papiertüchern ausgestattet war. Während er sich die Hände derart akribisch, wie es das Rote Kreuz in einer Infobroschüre zeigt, wusch, erklärte er, der Stall beherberge die ausgezeichneten Rennpferde seiner Eltern, ein schönes Hobby für die zwei. „Vielleicht ist der sogar luxuriöser als jenes Appartement, in dem wir bei meinen Eltern wohnen, bis das Haus fertig ist. Nein, nicht vielleicht, ich bin sicher. Hier gibt es Klimaanlage mit Staubpartikelfilter. Die Mama hat nur Angst, dass die Stute in der Box daneben einen psychischen Schaden vom Zuschauen bei der Geburt bekommt ..." Er rollte mit den Augen. „Meine Mutter und die Pferde ... Vielleicht stellt sie die Seraphina noch woanders hin."

Das laute Atmen von Waltaud ließ mich annehmen, dass die Geburt kurz bevorstand. Bis auf Schmerzen im Rücken hielt Waldi alles gut aus. Werner massierte sie und übte Druck auf das Becken aus, was ihr hörbar guttat. Die Schwiegermutter kam irgendwann auch dazu und vergaß beim Anblick der Geburt ihres zweiten Enkerls fast die Stute nebenan. Sie führte Seraphina lediglich ans andere Ende ihrer Box, wo diese dann auch stehenblieb.

Eine Minute nach Mitternacht gebar Waltraud einen kleinen Buben in Werners Hände. Stille. Tränen der Freude. Ein kräftiges, krähendes Schreien des Kindes. Unendliches Glück. Die Oma, die schluchzte bei diesem Zauber und schlug die Hände zusammen: „Mei, mei, das gibt's ja nicht. Das Popili, das Popili, das ist da!" Dazu kam ein freudiges Wiehern von Seraphina, die im Endspurt doch zugesehen hatte.

Draußen vor dem Stall hatte es angefangen zu schneien, dichte Flocken fielen vom Himmel. Dick eingepackt trug Werner seine Frau und sein neugeborenes Kind auf den Armen ins Elternhaus, vom Stall in die Stube. Sie kuschelten sich ins Familienbett zu Töchterchen Mia, die alles verschlafen hatte. Dann weckten sie den Opa, der schnarchend am Schaukelstuhl über den Schlummer des Mädchens gewacht hatte; neben ihm zahlreiche Vorlesebücher, eine Flasche mit Milch und halb angeknabberte Lebkuchen in einer Box.

Wir sprachen noch kurz über diese intensive Geburt, die sich gerade abgespielt hatte, dann, in den frühen Morgenstunden, kamen wir alle ein bisschen zum Schlafen.

Archie weckte mich nur ein paar Stunden später. Aufgeregt, weil er wusste, dass es der Weihnachtstag war. Wir kuschelten im Bett und ich erzählte ihm, was in der Nacht passiert war. Dass ein Kind im Stall geboren wurde, so wie Jesus in der Bibelgeschichte. Und dass die Eltern des kleinen Kindes weit weg wohnten, am anderen Ende unseres Landes, und ich dank der modernen Technik die Möglichkeit gehabt hatte, Waltraud und Werner bei der Reise zu begleiten.

Mir ging durch den Kopf, wie es wohl zu der Zeit sein würde, wenn Archie oder seine Enkel ein Kind bekommen wollten. Ob es dann wirklich Usus wäre, einen Schweineuterus (wenn schon, dann bitte einen aus Werners Stall, so gut wie es den Tieren dort ging) zum Austragen zu nehmen oder Leihmütter. Oder eingefrorene Eizellen mit eingefrorenen Samenzellen für einen vermeintlich richtigen Zeitpunkt. Doch dann dachte ich an das Wunder jeder Geburt und das ist so viel größer als jede mögliche Technik.

Archie schaute mich an und ich ihn. Ich fragte mich melancholisch: „Wo ist nur dieses kleine pausbackige Baby hingekommen?", denn ich sah ein großes Kind vor mir mit eigenen Gefühlen und vielen Gedanken.

„Mama! Nennen sie das Baby dann Jesus?"

Ich lachte. Dann schüttelte ich den Kopf: „Du wirst nie glauben, wie er heißt! Ich zeig dir gleich ein Bild vom Butzi und du rätst!"

Wir standen auf und begannen diesen Weihnachtstag mit einem ruhigen Frühstück, das untermalt war von kitschigen Weihnachtsliedern und nach klebrigem Lebkuchen und heißer Schokolade schmeckte.

Und mein Weihnachtsengerl, das in dieser besonderen Nacht oben am Baum saß und das Wunder via Skype beobachtete, das heißt seit diesem Tag auch Melchior.

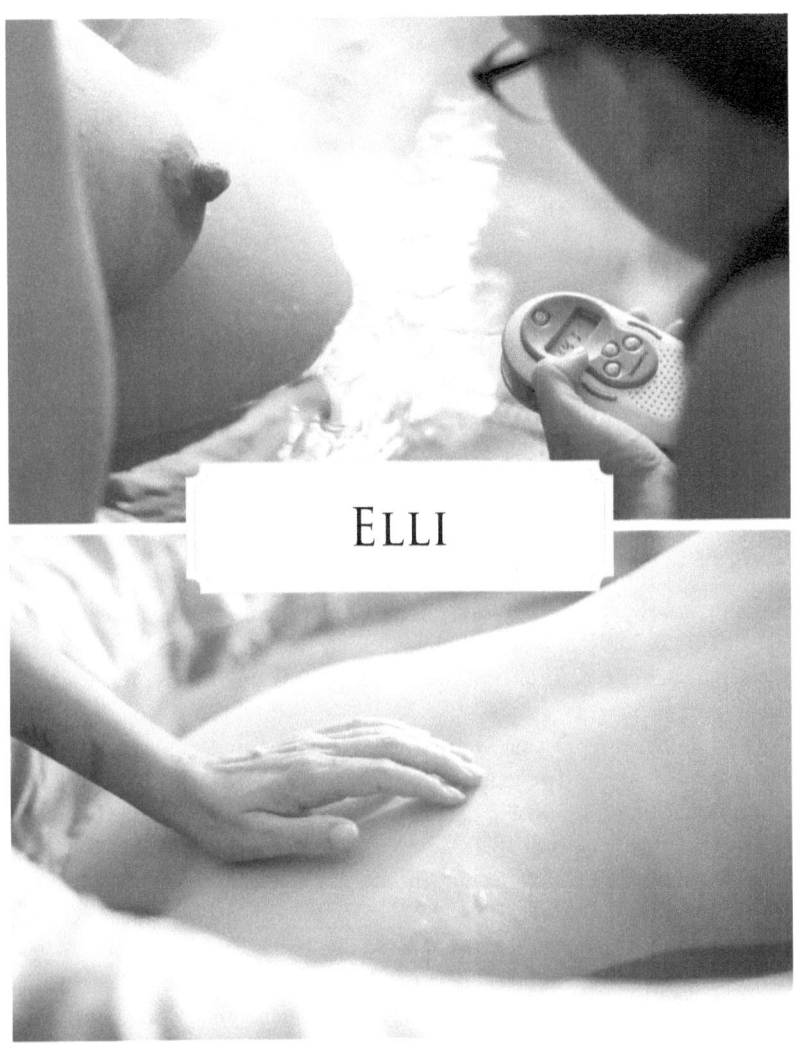

ELLI

Margarete bei einer Wassergeburt.

Auch in einem Pool ist Positionswechsel während
der Geburt für viele Frauen angenehm.

Elli befand sich schon eine ganze Weile im Geburtspool. Meist hing sie mit den Armen in einem regenbogenfarbigen Tragetuch, das an der Decke befestigt war, und zog sich unter den Wehen kraftvoll hoch. Sie atmete tief ein und pustete die Luft stoßweise aus. Der Vorgang hatte seinen eigenen Rhythmus und wirkte wie eine erprobte Geburtschoreographie.

Die Szenerie spielte sich in der Mitte eines großen Zimmers ab, das mich durch seine Deckenhöhe faszinierte. Die Wohnung befand sich im 17. Bezirk, Hernalser Hauptstraße, einem von außen typischen Wiener Gemeindebau. Viele Einheiten, noch mehr Menschen, jede Ecke, jeder Stiegenaufgang schaut gleich aus und in der Mitte ist ein großer, mehr oder weniger begrünter Innenhof.

Doch diese Wohnung musste aus zwei übereinander gelegenen zusammengezimmert worden sein. Sie bot viel Platz, war sonnendurchflutet mit raumhohen Fenstern und eben dieser Deckenhöhe, die durch eine Galerie erst richtig zur Geltung kam. Wien, nur du allein überraschst mich immer wieder.

Das Tuch hatte Elli in die feste Verankerung gespannt, in der sonst ihr Aerial Yoga Equipment hing oder ihre Gymnastikbänder. Sie presste und ich schaute genau hin. Etwas zwischen ihren Beinen spiegelte sich jetzt im Wasser. Haare? Mekonium? Ich weiß noch genau, wie ich mir dachte, dass Stuhl nicht hautfarben sei ...

Dann kam wieder eine Wehe. Ellis Bizeps spannte sich um das Tuch, sie veratmete tief und schnaubend. Elli war sehr sportlich, die Kondition konnte sie jetzt gut brauchen, dachte ich, als ich wieder hinsah, und erkannte, dass Elli ihr Kind in Steißlage zur Welt bringen würde.

In meinem Kopf überschlugen sich die Gedanken, wie es nun weitergehen sollte, denn diese Geburtsposition war eine große Überraschung.

Ich hatte Elli über ihren Beruf kennengelernt, sie arbeitete als Osteopathin und Sporttherapeutin. Nach meiner Schwangerschaft mit Archie litt ich unter einem eingeklemmten Nerv. Ihre Art der Behandlung wurde mir zur Linderung empfohlen.

Elli hatte magische Hände und meine Beschwerden waren schon nach drei Terminen verschwunden. Was blieb, war eine große Sympathie auf beiden Seiten. So freute ich mich, dass mich Elli als Hebamme für die Geburt ihres zweiten Kindes wollte.

Ihre erste Geburtserfahrung war sehr fremdbestimmt: Nach einer schlecht gestochenen PDA konnte sie sich im Krankenhaus nicht mehr auf die Geburtsarbeit konzentrieren. Die ständigen Kontrollen des Fortschritts ließen sie schließlich an der eigenen Kraft und Fähigkeit zweifeln und sie stimmte einem Kaiserschnitt zu. Mit 3.700 Gramm brachte Ellis Tochter Lara ein stolzes Gewicht auf die Waage. Die behandelnde Ärztin erklärte, dass wohl ein Schädel-Becken-Missverhältnis schuld am schlechten Geburtsfortschritt gewesen sei.

Elli erzählte mir bei meinem ersten Hausbesuch, dass sie diese Diagnose so gerne geglaubt hätte und sogar versucht habe, sich das Schädel-Becken-Missverhältnis einzureden. Doch es klappte nicht. In ihrer Verwandtschaft waren nämlich alle Frauen groß und schmal gebaut und bekamen eher schwere Kinder.

„Ja, und alle Weibsen bei uns in der Familie haben diesen Model-Schönheitsfleck. Urlioma Herta, dann ich und meine Schwestern und, ja, auch Lara! Wir ticken halt alle ähnlich!"

Ich schaute ihre dreijährige Tochter an und musste über die Ähnlichkeit zu ihrer Mutter lächeln. Die beiden waren wie ein und dieselbe Person in Kind und erwachsen. Dann erklärte ich Elli, welche Erfahrungen ich schon mit dem oft zitierten „zu schmalen Becken" hatte. Dass es sehr selten vorkommt als Grund für einen Geburtsstillstand, aber gerne genannt wird, doch dass sich ein richtiger Stillstand meist über mehrere Stunden hinziehe.

Elli erfüllte all meine Kriterien, nach denen ich gehe, wenn sich Frauen eine Hausgeburt nach Kaiserschnitt wünschen, und so wollte ich sie gerne bei ihrer Geburtsreise begleiten. Sie zählte auf, wie gut sie sich auf die Schwangerschaft und Geburt vorbereite. Mit Bindungsanalyse und einem Vorbereitungskurs, der, wie sie sagte, ganz herrlich sei, in einer wunderbaren Kleingruppe rund um Kursleiterin Katharina: „Sie und ihre Beschreibung vom Pressen, das muss sich jede Mutti voll geben! Sie hat mir wirklich so viel Mut gemacht, mich auf diese Schwangerschaft einzulassen!"

Dann wurde Elli nachdenklich und erzählte mir, dass sie nach Lara ein Kind verloren habe, noch ganz früh. „Das war der Punkt, an dem ich gemerkt habe, okay, ich muss diese erste Geburt aufarbeiten, ganz dringend!"

Sie streichelte ihren Bauch. So ruhig und glücklich wie sie nun wirkte, war ihr das Aufarbeiten gut gelungen.

Wie würde diese starke Frau, die so gut auf eine Hausgeburt vorbereitet war, nun reagieren, wenn ich ihr sagte, ihr Kind komme mit dem Po zuerst auf die Welt ...

Ich wollte und sollte zu dieser Überraschung jedenfalls jemanden zur Unterstützung haben und rief einen Krankenwagen. Doch ich wusste, kein Sanitäter kannte sich bei Steißgeburten aus. Selbst Ärzte, die so eine Art von Geburt schon einmal gesehen haben, sind heutzutage rar, geschweige denn jene, die eine Beckenendlage richtig begleiten können und wollen. Leider!

Also rief ich auch eine Kollegin an, die nicht allzu weit entfernt wohnte. Ich erklärte die Situation in wenigen Worten und gab ihr Adresse und Lagebeschreibung der Wohnung durch.

Dann war ich wieder an Ellis Seite. Ich spürte mein Herz schneller schlagen, als ich mich an den Pool lehnte. In der Wehenpause berührte ich Elli am Rücken und sagte ihr, es könne sein, dass ich mit meinen Händen ein bisschen nachhelfen müsse, damit das Kind in eine ideale Gebärposition rutsche, denn es würde mit dem Po zuerst auf die Welt kommen. Außerdem riet ich ihr, den Rücken etwas runder zu machen, wie einen Katzenbuckel, wenn sie Pressdrang verspürte.

Elli war gefasst, doch sie fragte sich, ob sie das denn überhaupt schaffen könne. Dann kullerten ihr Tränen über die Wange. Es waren keine verzweifelten, eher ein Druckausgleich im Endspurt. Ich war davon überzeugt, dass alles gutgehen würde, und sagte ihr, das Kind sei schon bald geboren.

Die bunten Bilder, die sie als Geburtsaffirmationen geschrieben und überall im Raum verteilt hatte, kamen mir zugute.

So las ich vor:

„Ich bin weit und weich!"

„Durch mich strömt Kraft und Energie"

„Mein Kind und ich sind verbunden, wir sind eine Einheit!"

Und wirklich: Mit der nächsten Wehe waren die Füße da! Ich erinnerte mich an den ersten Satz, den ich jemals über Steißlagegeburten gelesen hatte und den ich im Lehrbuch mit gelbem Leuchtmarker dick angestrichen hatte, bis das Papier fusselig wurde: „Hands off the breech!"

Ich griff daher nicht ein, denn Säuglinge haben den sogenannten Moro-Reflex, der ihre Arme bei Berührung in die Höhe schnellen lässt. Etwas, das man nach Möglichkeit vermeiden möchte in dieser Geburtssituation. Wenn nämlich die Hände zum Kopfumfang dazu kommen, wird es mit dem Platz etwas eng.

Doch es passierte: Das kleine Mädchen hatte die Hände trotz meiner Vorsicht hoch gestreckt. Gut, wenigstens musste ich mich nicht daran erinnern, was im Textbuch als Anleitung für eine solche Situation stand.

Ich handelte instinktiv und genau so, wie ich es schon einige Male zuvor gemacht hatte.

Also musste ich die Arme lösen, bevor der Kopf geboren werden konnte. Ich bat Elli, sich dazu noch weiter zu machen und die Beine in der tiefen Hocke zum Körper zu ziehen. Mittlerweile befand ich mich mehr im Wasser als draußen, und auch Kindsvater Jan war zur Hälfte nass, um bei der Geburtshaltung zu unterstützen.

Es gelang mir, den ersten Arm zu lösen und nach wenigen Augenblicken den zweiten. Dann platzierte ich den Griff nach Veits Smellie, bei dem die Hebamme einen Finger in den Mund des Säuglings schiebt, um durch Zug den Körper des Kindes in eine gebärfähige Position zu bringen. Es klappte perfekt. Wenige Sekunden später wurde Greta geboren. (Juhu, endlich ein Mädchen, das eine Variation meines Namens trägt!) Sie war ein bisschen blau, was für uns Hebammen nicht beunruhigend ist, sondern die Durchblutung zeigt.

Nach einigen Minuten war das Neugeborene schön rosig und schrie. Der ganze Raum war von der Freude über ihre Geburt erfüllt.

Es klingelte an der Wohnungstür und Irmi, meine Hebammenkollegin, spazierte herein. Außer Atem stellte sie fest: „I bin zu spät, na geh, schade!" Eine Beckenendlagengeburt ist eine Rarität für jeden Geburtshelfer, dabei sein zu können oft eine besonders seltene Gelegenheit.

Irmi hatte sich 20 Minuten im Gemeindebau verlaufen und schon bei einigen Nachbarn geläutet: „Die haben nicht schlecht g'schaut, dass es hier grad bei ihnen eine Hausgeburt geben soll. Aber liebe Leut allesamt! Einen Kaffee hätt ich haben können! "

Es war trotzdem gut, dass sie nun da war, denn nach Steißgeburten schaut man, ob das Kind einen Schlüsselbeinbruch erlitten hat oder eine Plexusparese. Nichts von beidem war geschehen, zum Glück!

Ich rief die Kinderärztin an, mit der ich oft zusammenarbeite, wenn ein Arzt zur Stelle sein muss. In diesem Fall, bei der sogenannten regelwidrigen Lage, hatte ich eine Arzthinzuziehungspflicht gehabt, daher der gerufene Krankenwagen.

Zwei verdutzte Sanitäter, die sich wie Irmi ebenfalls im Bau verlaufen hatten, standen eine Viertelstunde nach der Geburt völlig außer Atem vor der Wohnung. Hinter ihnen lugten zwei neugierige Nachbarn hervor, die ein paar Blicke von der „Geburt in da Wohnung", wie sie murmelnd sagten, erhaschen wollten.

Wir schickten alle weg: „Danke fürs Kommen, alles ist gut gegangen!" Da wir die Beckenendlage erst unter der Geburt bemerkt hatten, fiel mein Eingreifen unter Erste Hilfe. Frau Doktor beglückwünschte uns lautstark in den Hörer: „Das haben Sie souverän gemeistert! Den Mutigen das Glück! Ich komme gleich morgen früh vorbei."

Elli war im Rausch ihrer Endorphine und musste erleichtert weinen, als ich ihr die Größe ihrer Tochter verriet: „3.800 Gramm und 38 Zentimeter Kopfumfang." Ich lächelte sie an: „Diese Maße liegen wohl wirklich in der Familie – und die Geburtskraft auch!"

Dann näherte sich die kleine Lara zum ersten Mal ihrer Schwester. Davor hatte sie unbeirrt vom ganzen Geburtswirbel in einer Ecke mit ihrem Puppenhaus gespielt.

Lara deutete auf Greta, lachte laut und sagte: „Elefant, Elefant!"

Ich kannte mich nicht aus, aber Elli grinste: „Margarete, ich habe dir zwar erzählt, dass ich den Taxler schmieren hab' müssen, damit er mich mitnimmt. Und dann noch einen Zehner draufgelegt hab', damit er mich nach Hause und nicht ins nächste Krankenhaus fährt. Der hat schon gewusst, was los ist ... Aber ich habe dir noch gar nicht gesagt, wo meine Fruchtblase geplatzt ist. Lara und ich waren ja unterwegs. Weißt du wo?"

Ich schüttelte den Kopf.

„Im Zoo vor den Elefanten ging es wusch und ich war nass. Und alle um uns herum haben es gemerkt ..."

Wir staunten nicht schlecht und Irmi brachte es auf den Punkt: „Na Servas, Kaiser, Mahlzeit, da weiß man gar nicht, was man von dieser Geburt als Erstes erzählen soll!"

HILDE

Bevor sie wieder ins Burgenland zog, wohnte Hilde
gleich um die Ecke der Wiener Volksoper neben dem
bekannten Friseur, der eine Institution des Grätzls ist.

Am Ende, so hieß es über diese Geburt, hätten nur die Rituale und das feurige Essen der Oma dafür gesorgt, dass alles so gut verlaufen war. Sagte zumindest die Oma, wenn man sie fragte ...

Hilde lernte ich kennen, als sie etwa in der 16. Woche schwanger war. So genau wusste sie das nicht, weil ihr Zyklus sehr unregelmäßig war und sie keine Aufzeichnungen darüber führte.

Sie rief mich an, da hatte ich gerade das Telefonat mit einer Frau beendet, die sich aufgrund eines komplizierten Schwangerschaftsverlaufes dazu entschlossen hatte, im Krankenhaus per Plankaiserschnitt ihr Kind zu bekommen. Es tat ihr leid, dass sie mich als Hebamme verlor, aber für diesen Geburtsweg wollte sie nicht extra eine Begleitung anheuern. Das errechnete Geburtsdatum war dasselbe wie Hildes. Jedenfalls fast, denn Hilde nannte mir: „Irgendwas zwischen Anfang April und Ende Mai ... denke ich."

Mir erschien es wie ein besonderer Zufall, dass ich noch Zeit hatte, sie in der Schwangerschaft und bei der Entbindung zu betreuen.

Unsere erste Begegnung führte mich ins nördliche Burgenland zu einem alten Hof, der auf einem großen Wald- und Wiesengrundstück gelegen war, das kein Ende erkennen ließ, als ich mich umsah. Verschlungene Landstraßenwege und ein Schotterpfad hatten mich zu diesem einsamen und ganz paradiesischen Fleckchen geführt.

„Herrlich ist es hier!", dachte ich mit jeder Faser meines Körpers. Ich schloss die Augen, genoss ein paar Sekunden lang die letzten vergoldeten Sonnenstrahlen dieses Tages und atmete tief ein. Es roch nach Heu, nach Kräutern und ganz berauschend nach ursprünglicher Natur.

Als ich meine Augen wieder aufmachte, dachte ich, eine Halluzination zu haben: Ein mächtiges rotes Pferd schritt in meine Richtung. Es schnaubte energisch und wirbelte ein bisschen Staub mit seinem festen Schritt vom trockenen Boden auf. Auf dem Pferd saß eine Frau, nackt und ohne Sattel, und hielt die Mähne locker als Zügel. Ihr Körper war nur von ihren eigenen, sehr langen Haaren spärlich umhüllt.

„Hallo, du bist sicher die Margarete!" Elegant glitt sie in einem Ruck vom Pferd. „Ich bin die Hilde und das ist mein Kind. Es freut mich, dass du zu mir gekommen bist!" Sie strich ihre Haare nach hinten und ich konnte den gewölbten Bauch gut sehen. Hilde war erst 20 Jahre alt, eine klassisch-hübsche Frau, die mich an eine wilde Mischung aus Brigitte Bardot und Romy Schneider erinnerte, allerdings mit dickem, lockigem braunem Haar und einem rauchigen Lachen.

Das Pferd an der Mähne führend, schritt sie voran zum Haus, wo sie sich einen Bademantel aus grobem, grauem Leinen anzog. Wir setzten uns zum Gespräch auf die Veranda und genossen einige Momente zusammen still den Sonnenuntergang.

Hilde erzählte mir dann – und während sie redete, verrenkte sie sich fließend in fortgeschrittenen Yogaposen –, dass dies ihr erstes Kind sei und sie sich auch gut hätte vorstellen können, es bei einer Alleingeburt zur Welt zu bringen. Im Wald, nur Minuten von hier, gäbe es die perfekte Formation von alten Eichen, die eine Lichtung säumten. Bei Vollmond war der Platz wie von einem Scheinwerfer beschienen, und darum „sei die Verbindung zur großen Muttermondin" dort besonders klar.

Doch dann entschied sie sich dagegen: „Seien wir ehrlich … Ich weiß ja nun wirklich nicht, was da auf mich zukommt. Außerdem ist es um die Jahreszeit vielleicht sehr kalt und ich brauche Wärme, um mich energetisch zu laden. Und um nicht abzufrieren."

Hilde atmete tief und zögerte kurz, bevor sie weitersprach. Sie bedeckte den Mund mit einer Hand. Dann sagte sie es einfach gerade heraus: „Weißt du, und dann ist es so: Weniger, als dass ich jemanden brauche, der mir beim Gebären hilft, brauche ich wen, der meine Mutter davon abhalten muss, mir zu sagen, was ich brauche und tun soll!"

Hilde verharrte mit geschlossenen Augen in der anmutigen Tauben-Haltung und summte leise einen tiefen, kehligen Ton.

Ich sollte die Oma abhalten? ICH? Die Anforderungen meines Berufes werden auch immer extravaganter, dachte ich staunend und ein bisschen belustigt.

Wir unterhielten uns noch eine Weile. Gerade untersuchte ich Hildes Bauch, an dem ich nichts Auffälliges finden konnte, als Hildes Mutter Petra zu uns auf die Veranda kam. Sie brachte uns ein Tablett mit Tee, stellte sich vor, fragte mich, ob ich gut zum Haus hergefunden hätte, und war gleich wieder verschwunden. Hilde und ihre Mutter sahen sich zum Verwechseln ähnlich: Sie teilten die gleiche Statur, dieselbe Art zu sprechen und das schöne Gesicht.

Hilde wartete, bis Petra weg war, und schaute mich dann ganz ernst an: „Siehst du? Meine Mutter ist wirklich ziemlich aufdringlich, und ich bin ganz anders als sie, das würde nicht klappen, wenn sie sich zu sehr einmischt in die Geburt." Ich musste schmunzeln. Nie wollen Töchter sein wie ihre Mütter, auch wenn sie sich aufs Haar gleichen …

Schon summte Hilde wieder ein paar Oms. Wir kamen auf das Thema Vorsorge zu sprechen und Hilde meinte, dass sie ein Organscreening machen lassen wolle. Zur Sicherheit, denn ihr kleiner Bruder war mit einem offenen Bauch geboren worden. Er wurde damals gleich in ein großes Krankenhaus verlegt und operiert.

Bis auf den großen Schreck der Mutter, dass das Kind plötzlich weg war, ist alles gut gegangen, der Bub ist mittlerweile sogar Leistungssportler. „Das war ein Schock", erinnerte sich Hilde und sagte, sie müsse ein Szenario wie jenes für eine Hausgeburt ausschließen können. Ich stimmte ihr zu und meinte noch, dass man dann vielleicht mittels des Ultraschalls herausfinden könne, wie weit sie etwa sei in der Schwangerschaft.

Wenn nicht, dann fielen mir einige Hebammentricks ein. Spätestens den Übergang zum dritten Trimenon merkten die meisten Frauen. Durch verstärkten Ausfluss, manchmal durch Wasserträume. „Naja, da gibt es noch eine andere Möglichkeit. Wenn du gut rechnen kannst, dann gebe ich dir meine Aufzeichnungen. Ben und ich, wir lieben uns immer zu speziellen Mondphasen und das notiere ich mir jedes Mal."

Wieder musste ich schmunzeln. Sie hatte zwar keine Ahnung, wann ihre Periode kam, aber darüber, wann sie mit ihrem Partner schlief, führte sie Buch. Ich war erleichtert, dass für mich schnell klar ersichtlich war, dass das Kind Ende April, Anfang Mai zur Welt kommen würde.

„Sicher in der Walpurgisnacht!", rief Hilde verzückt aus. Das sei ein magisches Datum.

Hilde meldete sich freudig ein paar Tage später und meinte, es sei sowieso nie eine Frage gewesen, ich müsse bei der Geburt ihres Kindes dabei sein. Gerne stimmte ich zu.

Die Wochen vergingen, das Organscreening wurde gemacht und zeigte keinerlei Auffälligkeiten. Ich kam wieder zu einem Hausbesuch und lernte nun den Kindesvater Ben kennen. Er war zweiter Violinist des Bühnenorchesters der Wiener Staatsoper, Hilde arbeitete dort als Kostümbildnerin. „Die Bratsche ist schuld, dass wir uns verliebt haben!", lachte Ben. Gemeint war die gemeinsame Bekannte, Ingmara, die schon lange dieses Instrument im Orchester spielte. „Ich habe mir einen Knopf ausgerissen und Hilde hat mich gerettet."

Sie sah ihn an und erzählte weiter: „Die Bratsche hat ihn zu mir gebracht und ich habe den Knopf wieder angenäht. Obwohl ich vor Aufregung gezittert habe ... Er hat mir gleich so gut gefallen. Und: Es war mein erster Tag an der Staatsoper! Zuerst hab' ich mir gedacht, was mach' ich, wenn ich ab jetzt nur Knöpfe annähen soll. Aber dann war Ben da und ich konnte nur daran denken, dass ich ihm gerne alle Knöpfe abreißen will."

Die beiden plauderten locker weiter, dass sie bald zusammengezogen waren, zuerst in seine kleine Wiener Wohnung und schließlich auf den Hof ins Burgenland. Da er zu untypischen Zeiten pendelte, brauchte Ben oft nur 45 Minuten zu seiner Arbeit. „Wir lieben es hier. Die Natur, die Einsamkeit, und wir können uns selbst versorgen mit dem großen Garten."

Ob es denn kein Problem sei, dass Hildes Mutter Petra gleich im Nebenhaus wohnte, samt Bruder und Stiefvater, wollte ich wissen.

„Für mich ist es schlimmer als für ihn", lachte Hilde.

Wir machten einen weiteren Besuch aus. Der verlief ebenso unauffällig, was die Schwangerschaft anging, wie jeder zuvor. Doch ich hatte das Gefühl, Hilde wäre nicht ganz ehrlich mit mir. Ich hatte sie schon einmal zuvor gefragt, ob sie noch rauchen würde. Sie verneinte. Da ich Rauch an ihr riechen konnte, fragte ich sie erneut. Sie verneinte wieder. Schob den Geruch auf ihre Mutter und meinte, diese würde zu Hause rauchen und alle würden stinken, die nur kurz auf Besuch drüben wären.

Ich beließ es dabei und hakte nicht mehr nach.

Der 30. April kam und Ben meldete sich bei mir. „Hilde hat Wehen! Ich fahre gerade vom Konzert nach Hause. Sie will sich noch ein bisschen ausruhen und schlafen, bevor es losgeht. Aber kann sie das denn machen, wenn jetzt das Kind kommt? Da kann man doch nicht schlafen?"

Ich versicherte ihm, die Geburt könne bei Erstgebärenden einige Stunden dauern. Ich würde Hilde gleich anrufen und die Lage besprechen.

Die werdende Mutter tönte schon leise am Telefon, war aber noch nicht außer Atem. Wir machten aus, dass sie sich melden solle, wenn die Wehen alle fünf Minuten kämen, damit ich rechtzeitig losfahren könne.

Schon nach einer Stunde war dies der Fall und ich machte mich auf den Weg. Hilde hatte sich nun deutlich angestrengter angehört. Ich fuhr an zwei Dorffesten vorbei, bei denen ausgelassen gefeiert wurde und wo es Maibäume zu sehen gab. Als ich die Schotterstraße hinaufkam, bemerkte ich, dass ein riesiges Lagerfeuer, nur wenige Meter von der Terrasse des Hauses entfernt, brannte. Petra stand daneben und schmiss abwechselnd etwas hinein, das nach Zweigen und Papierzetteln aussah.

Hilde thronte elegant auf der Terrasse im Geburtspool. Sie hatte die Augen geschlossen und summte. Steine in jeder Regenbogenfarbe und besonders viele riesige Rosenquarze umgaben sie. Auf ihrem Kopf trug sie eine interessante Krone aus geschwungenem Draht und feinem nachtblauen Samt, die bei jeder Bewegung funkelte und glitzerte. Unter einer Trauerweide saß ihr Bruder und spielte mit seiner Gitarre eine eigene Version von Claude Debussys „Claire de Lune".

Ben räumte Dinge vom Haus auf die Veranda und umgekehrt. Er war rastlos. Als er mich sah, begrüßte er mich überschwänglich mit einer Umarmung. Die Worte plätscherten nur so aus seinem Mund. Hilde fühle sich gut und brauche keine Hilfe von ihm. Er habe alles in ihre Reichweite gebracht. Außerdem erklärte er, sie trage die Krone der „Königin der Nacht", weil das ihr Meisterstück sei. Deswegen hätte sie die Stelle als Kostümbildnerin bekommen, und nun würde ihr die Krone unendlich viel Kraft verleihen.

Ich schlug Ben vor, wir sollten nun gemeinsam zu ihr hingehen, damit ich mit ihr reden könne.

Hilde lächelte, als sie mich sah. Ich saß eine Weile bei ihr, lauschte ihren Wehen und schaffte es damit auch, dass Ben sich beruhigte und des Augenblicks besann.

Viel später untersuchte ich die junge Frau vaginal. Der Befund wunderte mich gar nicht, das Baby würde innerhalb der nächsten Stunden auf die Welt kommen.

Ich hatte es mir gerade in einem Sonnenstuhl gemütlich gemacht, da kam Petra und stellte mehrere dampfende Schüsseln auf den Gartentisch: „Curry, Hühnersuppe zur Stärkung, dem Huhn hab' ich heute morgen den Kopf abgeschlagen. Ich habe gewusst, dass es heute so weit ist und mein Enkerl auf die Welt kommt!"

Frisch gebackene Brotfladen standen daneben in einem großen geflochtenen Korb, und dann brachte sie weitere dampfende Schüsseln: Linseneintopf, Bohnensterz, Rahmsuppe und Krautstrudel waren darunter. Dazu einige Gläser eingelegtes Gemüse und Marmelade.

Mein Magen fing laut an zu knurren. Ben und ich ließen uns nicht zwei Mal bitten, etwas davon zu essen, und bedienten uns.

Petra kehrte zum Lagerfeuer zurück und fing nun an zu singen. Plötzlich hörten wir eine leise Stimme. Zuerst verstand ich nicht, was sie sagte. Dann wurde sie lauter: „Krautstrudel! Ich mag einen Krautstrudel, bitte!" Es war Hilde, die schon heftig die Wehen veratmete. Ben sauste mit einem Teller zu ihr hin und fütterte sie mit einem gigantischen Stück der geforderten Speise.

Mittlerweile tanzte Petra gedankenversunken ums Feuer und sang so laut, dass ich Hilde kaum hören konnte. Sie wollte aus dem Wasser und in das Haus gehen, um dort ihr Kind zu bekommen.

In der Mitte des Raumes stand sie mit tief gebeugten Beinen und klammerte sich an Ben, ich kniete daneben.

„Hilde", sagte ich sachte und legte meine Hand auf ihren unteren Rücken. „Gib dem Druckgefühl ruhig nach, mach' einfach, was dein Körper dir vorgibt."

Hilde schob und röhrte nun so tief, dass sie kaum zu hören war und es eher wie eine Vibration klang. Nach zehn weiteren Wehen glitt das Kind aus ihr heraus in meine Hände.

Ich hievte das kleine Mädchen auf ihre Brust. Mit Vater Ben lagen sie zu dritt in ihrem Geburtsnest, das aus bunten Decken und Pölstern bestand. Es war ein wunderbares Bild der Ruhe. Sogar Oma Petras Lieder waren irgendwann während des Endspurts verstummt und sie stand entfernt, um das Glück selbst zu sehen. Es war eine wunderschöne Geburt wie aus dem Lehrbuch gewesen.

Nach einigen Minuten schob die junge Frau die Plazenta aus ihrem Körper, genau während die ersten Sonnenstrahlen am Himmel zu sehen waren. Das Organ war komplett verkalkt. Zum Glück ging es dem Baby gut, wenngleich das Mädchen recht zarte Maße hatte.

Hilde deutete meinen Blick richtig und meinte nur: „Ich hab' wirklich nicht so viel geraucht, aber ein bisserl schon ... Ui, das schaut schon heftig aus."

Ich machte einen Checkup bei Mutter und Kind und verließ die Familie nach drei Stunden.

Am Abend kam ich zurück, um nach dem Rechten zu sehen. Schon von weitem hörte ich wunderbare Musik, die von rhythmischem Klatschen begleitet wurde.

Als ich parkte, sah ich, dass ein Fest im Gange war. Einige von Bens Kollegen waren gekommen, und gemeinsam spielten sie volkstümliche Lieder, freudige Stücke. Auch aus dem Dorf waren viele Menschen anwesend. Sie tanzten und sangen und freuten sich mit dem Paar und dem frisch geschlüpften Menschenkind.

Hilde saß abermals wie eine Königin inmitten der Gäste auf einem gemütlichen Stillsessel mit ihrer Tochter Dora im Arm. Es ging beiden sichtlich gut, Vater Ben ebenso, und darum konnte ich nicht viel machen, außer mitzufeiern. Ich wusste, dass es bei Hilde auf taube Ohren stoßen würde, ihr zu sagen, dass das Wochenbett sehr wohl einen Sinn habe und zum Ausruhen gedacht sei.

An diesem Abend, der ausgiebig und schön der Freude über ein neues Leben gewidmet war, faszinierten mich zwei Dinge: Es ist ganz unglaublich, wie stolz eine Großmutter auf ihr Enkerl sein kann. Welch Freude sie empfindet. Petra hörte nicht auf, immer und immer wieder von der kleinen Dora zu sprechen und von der Geburt, die sie mit magischen Chants „aus heidnischen Tagen des Zaubers" unterstützt hatte.

Und außerdem war es unfassbar, welche enorme Menge von Petras Krautstrudel Hilde einhändig in sich hineinschaufeln konnte, während die kleine Dora friedlich an ihrer Brust trank.

SANDOR

Die umgebaute Mühle von Vera und Sandor
hat früher ausgesehen wie diese.

Sehr oft kann ich mich besser an die Mutter erinnern, die von mir betreut wird, als an den dazugehörigen Vater. Bei einem älteren Paar, das mich für die Geburt ihres Kindes engagierte, war das ganz anders. Da ist besonders er mir im Gedächtnis geblieben, Sandor ...

An einem schönen Frühlingstag machte ich mich auf ins Waldviertel. Schon während der Fahrt wusste ich, dass die Entfernung hart an meiner persönlichen Grenze sein würde: Normalerweise betreue ich werdende Mütter nur unter einem maximalen Umkreis von 45, notfalls auch bis 60 Minuten von mir zu Hause entfernt. Ich muss ja möglichst rechtzeitig zur Geburt eintreffen! Doch bei wenig Verkehr und mit meinem Blaulicht würde sich das schon ausgehen, versuchte ich mich zu beruhigen, als ich auf einer engen Straße – links und rechts konnte ich nur Felder sehen – fuhr.

Die Frau, zu der ich am Weg war, hieß Vera, eine gute Bekannte einer meiner liebsten Freundinnen. Und diese liebste Freundin war überzeugt, dass ich die richtige Hebamme für die Geburt dieses Kindes sei, was sie Vera auch genau so schilderte.

Also war ich am Weg und kurvte durch diese schöne Landschaft, genoss die Ruhe und die gute Luft.

Schließlich bog ich bei einem alten mächtigen Kastanienbaum um die Ecke und sah schon von weitem eine alte Mühle, die neben einem renovierten und umgebauten Mädchenpensionat stand. Ringsherum Felder und ein paar Scheunen. Als ich aus dem Auto stieg, wurde ich gleich von einem Rudel Bernhardiner begrüßt. Ein lauter Pfiff und die Tiere liefen in die Richtung, von der das Geräusch kam.

Eine Frau lief in meine Richtung, begrüßte mich und stellte sich als Vera vor. Sie trug ihre dunkelgrauen Haare zu einem Zopf gebunden, der fast bis zum Po reichte. Ihre Füße steckten in großen grünen Gummistiefeln, ihre hellen Shorts und das gestreifte Hemd waren ein wenig mit Schmutz verschmiert. Sie lächelte mich an: „Entschuldige, ich komme gerade aus dem Stall. Lass uns reingehen, ich ziehe mir nur schnell etwas anderes an."

Ich folgte Vera, die auf die Mühle zusteuerte. Sie erklärte mir, dass sich auf dem Grundstück mehrere Menschen in einem Co-Living-Projekt zusammengefunden hatten. Vier Familien wohnten in dem alten Mädchenpensionat, das vor einigen Jahren saniert und modernisiert worden war. Dort befand sich auch eine geräumige Gemeinschaftsküche mit Aufenthaltsraum. Zwei weitere Familien lebten in Jurten näher am angrenzenden Wald, und ein alleinstehender Mann in einem Baumhaus.

„Und das ist die Praxis meines Mannes, Sandor!"

Vera deutete auf die Mühle. Dann stemmte sie sich gegen das Eingangstor, um es knarrend zu öffnen.

„Das alles, was du hier siehst, war einmal Sandors Vision. Er hatte die Idee, dass man wie eine Großfamilie zusammenleben könnte. Bei gleichen Vorstellungen und Werten. Und er hatte recht, es ist das Paradies auf Erden!"

Wir hörten Stimmen, als wir den großen Raum betraten. Sie mussten von einer zweiten Ebene über uns kommen. Veras Finger schnellte zu ihren Lippen und sie flüsterte ein „Pssst!". Als ihr diese überstürzte Reaktion auffiel, lächelte sich mich an und erklärte: „Er muss noch Patienten haben, entschuldige."

Vera verschwand, um sich umzuziehen, und ich sah mir den Raum genau an. Die Wände bestanden aus alten Backsteinen, im Inneren war das meiste aus Holz gefertigt. Ich fühlte mich in jene Zeit zurückversetzt, in der die Mühle gebaut worden war, und konnte das frische Mehl riechen, als ich meine Augen einen Moment lang schloss.

Vieles war liebevoll aufgearbeitet worden: Die dicken Bodendielen hatten trotz einer Ölung nichts von ihrem rustikalen Charme verloren, die Treppe nach oben wirkte wie gemeißelt oder aufwändig von Hand abgeschliffen. Die Holzbalken im Raum waren hell lasiert und wirkten darum nicht vordergründig.

Gerade befühlte ich etwas, das mir wie das Gewinde einer ehemaligen Getreidemühle vorkam, die zu einem Tisch umgearbeitet worden war – ein runder Speicher mit einem großen Einlass oben, bedeckt von einer Glasplatte –, als neben mir eine tiefe männliche Stimme „Guten Tag!" sagte.

Ich zuckte zusammen. „Sie haben mich jetzt erschreckt! Auch: Guten Tag! Ich bin Margarete Wana, die Hebamme!"

Der Mann musterte mich von oben bis unten, so streng wie man sich den Oberlehrer eines entlegenen Mädchenpensionats vorstellt. Sein Bart und seine Kleidung passten zu diesem Eindruck, er trug einen Dreiteiler aus braunem und beigem Cord. Später stellte ich fest, dass er ein Monokel besaß. Also wirklich wie ein Lehrer um die Jahrhundertwende.

Er musterte mich noch immer, als Vera zurückkam und dabei freudig meinte: „Ach, du hast schon meinen Mann kennengelernt!" Ich nickte nur und sagte nichts. Wir gingen über die Treppe hinauf in seine Praxis, er nahm sofort hinter dem massiven Schreibtisch, dessen Ränder mit Büchertürmen verstellt waren, Platz, wie es wohl seine Gewohnheit war. Vera und ich, wir saßen vor ihm. Das war eine komische Situation.

Einem Messingschild entnahm ich schließlich seinen ganzen Namen: Sandor A. Savino. Zur Einstimmung fragte ich, ob der Name italienisch sei. „Ja, ist er", brummte es über den Schreibtisch. „Mein Nachname ist es. Der Vorname kommt aus dem Ungarischen. Meine Familie hat eine lange Tradition leidenschaftlicher Liebschaften dieser beiden Länder. Eine weitere Liebschaft ist die Naturwissenschaft."

Er kraulte, zog und zwirbelte dabei seinen Vollbart und Vera ergänzte: „Nun, Sandor hat ja Medizin und Pharmazie und Philosophie studiert und ist eben so etwas wie ein moderner Universalgelehrter."

Sandor musterte mich erneut. Das schien nur mir unangenehm aufzufallen, zumindest sagte Vera nichts.

Dann brummte es wieder aus dem Bartgewirr heraus. „Sie sind also die Hebamme. Aha. Wie lange führen Sie diesen Beruf schon aus?"

Ich antwortete, dass ich seit sieben Jahren in der freien Praxis tätig sei und meine Ausbildung davor in einigen Krankenhäusern absolviert habe.

„Aha", tönte es in meine Richtung.

Dann ging das Mustern in eine weitere Runde.

Schließlich stellte er mir die Frage, was ich im plötzlichen Notfall machen würde. Ich meinte, dass ich zuerst wissen müsse, um welchen „Notfall" es sich handele, denn richtige Not würde sehr selten ganz plötzlich in der Geburtshilfe auftreten. Die meisten Komplikationen zeichneten sich früh ab und erforderten dann ein zügiges, aber nicht unbedingt überstürztes Handeln.

Ich gab den beiden ein paar Beispiele, aus welchen Gründen ich eine Hausgeburt abbrechen würde, um ins Krankenhaus zu fahren. „Doch bei all diesen Gründen handelt es sich nicht um einen Notfall, sondern um die Notwendigkeit, die Geburt im Krankenhaus zu Ende zu bringen. Im Übrigen möchte in gewissen Situationen die Frau ab..."

Sandor unterbrach mich, als ich noch mitten im Satz war, der damit enden hätte sollen, dass selten, aber doch Frauen ab einem gewissen Punkt die Geburt zu Hause abbrechen und ins Krankenhaus gehen wollen.

Das schien ihn nicht weiter zu interessieren, er murmelte lediglich: „Wieso sollte eine Frau, die sich für eine Hausgeburt entscheidet, dieses Szenario verlassen und in eine Klinik gehen?" Dann stellte er schon die nächste Frage. Natürlich musterte er mich wieder ganz genau dabei.

Vera saß daneben, hörte zu und sagte nichts. Irgendwann war mir diese Verhörsituation unangenehm und ich schlug vor, dass wir alle auf die Sitzgruppe an der anderen Wand des Raumes wechseln sollten. Ich sagte gerade heraus, dass ich mich sonst wie eine Patientin fühlen würde – dabei seien wir doch alle zusammengekommen, um das Baby und Vera bei der Geburtsreise zu begleiten.

Die Situation wurde nach dem Platzwechsel tatsächlich etwas entspannter. Vielleicht hatte Sandor nun nicht mehr die Rolle des Arztes übergestülpt.

Ich regte Vera dazu an, mich alles zu fragen, was sie wissen wollte. Sie strahlte und teilte mit mir ihre Gedanken, dass sie als reife Mutter – sie war 42 – oft als zu alt angesehen wurde.

„Speziell fürs erste Kind, sagen immer alle!"

Ich machte ihr Mut, erklärte, was vielleicht anders sein könnte in der reiferen Schwangerschaft im Vergleich zum Durchschnittsalter; dass gewisse Vorurteile aus einer Zeit entstammen, die längst vorüber sei.

Das wichtigste dazu stellte Vera selber fest: „Ich fühle mich wunderbar!"

Gleich klinkte sich Sandor brummend in das Thema ein. Er gebe ihr ja auch spezielle Kräutermischungen, die sie bestens versorgen würden.

Ich wurde hellhörig und erklärte gleich, dass mich die Zusammensetzung interessiere. Mir kam vor, dass Sandor sie mir nur widerwillig nennen wollte, doch Vera bestand darauf, dass ich als Hebamme wissen sollte, womit sie behandelt würde.

Mir schienen die Zutaten ungewöhnlich, aber harmlos. Sie sollten gegen Übelkeit und Schwindel wirken und den Körper mit Nährstoffen auffüllen. Ich fragte nach, woher dieses Rezept komme. Da sagte Sandor stolz: „Von dem Stamm der Kikuyu. Die Mitglieder leben in Kenia, machen die größte ethnische Gruppe dort aus. Ich war einige Jahre für Ärzte ohne Grenzen tätig. Was ich dort, in Ostafrika, sehen und erleben durfte, das hat meinen Horizont nachhaltig verändert. Auch auf medizinisch-pharmakologischem Gebiet."

Ich unterbrach ihn nicht, als er zuerst zögerlich von seiner Zeit auf dem afrikanischen Kontinent erzählte. Seine Geschichte war spannend. Dass er in diesem fremden Land eingetroffen war, in dem fixen Glauben, er müsse den Menschen dort helfen. Und dann hätten sie schließlich sein Leben bereichert.

„Es war schlicht ein Irrtum, zu glauben, dass es sich bei der Bezeichnung Entwicklungs- oder Schwellenland um deren Entwicklung oder Schwelle handeln könne."

Sandor lachte über diese Aussage und zum ersten Mal sah ich ihn nicht mit einem starr-ernsten Blick. Sein Bart gab sogar ein strahlendes Weiß mit einer lustigen Lücke zwischen den Schneidezähnen frei. Doch es dauerte nur einen Moment. Kurz danach fragte er mich weiter über Geburten, Komplikationen sowie meine Erfahrungswerte aus und verriet nichts weiter von sich.

Als ich schließlich mit dem Auto nach Hause fuhr, war ich erschöpft von diesem ersten Hausbesuch. All die Fragen, das Nachhaken und Infragestellen hatten mich geschafft. Ich empfand Sandor als schwierige Person, wir surften eindeutig nicht auf einer Wellenlänge. Wie das wohl bei der Hausgeburt des Kindes werden würde?

Trotz dieser Startschwierigkeiten freute ich mich sehr über den Anruf von Vera am nächsten Tag. Sie wollte mich als Hebamme für die Geburt ihres Kindes. Wir plauderten eine Weile am Telefon, es war ein lockeres, angenehmes Gespräch. Endlich erfuhr ich mehr von der werdenden Mutter.

Als ob sie Gedanken lesen könnte, sagte sie irgendwann: „Sandor ist ... ein sehr eigener Mensch. Er kann wirklich schwer umgehen mit Personen, die er nicht kennt. Aber dich fand er gut, deine Ansichten. Wir freuen uns beide darüber, dass du unsere Hebamme sein wirst!"

Die Wochen und Monate gingen dahin und Vera wurde die Schwangerschaft recht beschwerlich, je länger sie dauerte. Sie hatte Wasser in den Beinen, der Rücken schmerzte. So kam ich einige Male zum Akupunktieren vorbei, was ihr, zusammen mit einer schönen Plauderei, Erleichterung verschaffte.

„Ich habe hier nicht viele Leute, mit denen ich mich austauschen kann. Die anderen Bewohner haben keine kleinen Kinder, sie sind einfach weit weg von meiner Lebensphase", seufzte sie und starrte in den milchigen Tee. In ihrer Gemeinschaft teile man zwar den Raum miteinander, aber nicht zwingend die gleichen Ansichten, führte Vera aus. „Ich bin oft einsam, wenn es um Freundschaft geht ... Außerdem macht die Hälfte der Bewohner gerade Redefasten für mehrere Wochen."

Es würde hier in dieser Gemeinschaft um ein freies Denken und Leben in alle Richtungen gehen, fügte sie noch hinzu. Vera richtete ihre Schultern plötzlich auf und ließ ihren Blick umherwandern. Weg von mir, weg von dem Küchentisch mit dem hübschen grün-geringelten Keramik-Service, hinaus aus dem Fenster in den Hof.

Dann grinste sie und starrte Ello an, der mit nacktem Oberkörper und in einer engen Jeans gerade den Garten mit einer Sense bearbeitete: „Darunter kannst du dir nun vorstellen, was du magst ...“

Ich grinste auch, zum einen, weil Ello ein schöner Anblick war, und zum anderen, was viel wichtiger war: Weil ich für mich schon lange wusste, dass Freiheit mich nicht unbedingt freimachte. Für mich ist vieles Kopfsache und nicht strukturabhängig.

Ich bat Vera, ihr Shirt am Rücken hochzuziehen, sodass ich sie noch ein wenig am Rücken massieren konnte gegen den starken Schmerz, den sie spürte. Sie wurschtelte umständlich herum und gleich merkte ich, wieso: Sie hatte eine große Kompresse um den unteren Rücken gelegt, eine grünliche Substanz, die nässte und beim Abnehmen fürchterlich stank.

„Oha, was ist das denn?“, entfuhr es mir, denn der scharfe Geruch trieb mir die Tränen in die Augen. Vera stammelte, dass es eine Mischung sei, die Sandor immer verwenden würde, wenn jemand Rückenschmerzen habe. Es sei: „Ähm, naja, irgendwie mit Kuhdung und ätherischen Ölen einer zerstampften Pflanze.“

„Ja, so riecht es auch“, bestätigte ich schmunzelnd.

Während ich ihr das stinkende Päckchen von der Haut nahm, fiel mir ein vergilbtes, schwarzweißes Foto an der Wand auf. Es zeigte einen Mann und eine Frau neben dem Mahlwerk der Mühle. Unbeholfen standen sie links und rechts von der Apparatur. Ich fragte mich, was dieses Bild schon alles „erlebt“ hatte, als ich mir die brennenden Augen mit dem Handrücken abrieb.

Kurz darauf ließ ich die Kompresse mit einem lauten Platsch auf Sandors Schreibtisch fallen. Oder vielmehr daneben auf den Boden, wozu ich mich kurzfristig aus Gründen der Hygiene umentschied.

„Ich mische mich in solche Dinge normalerweise nicht ein, aber eine Schwangere sollte keine Kuhexkremente auf der Haut haben. Das ist unhygienisch.“

Sandor sagte erst einmal nichts. Dann nickte er.

„Ich habe befürchtet, dass Sie so reagieren. Leider. Das ist ein ganz wirksames Mittel für Gelenke und Sehnen, das lockert die Muskulatur tief drinnen im Rücken auf. Solche Mischungen sind nur hier von unserer schulmedizinisch durchweichten Gesellschaft nicht gerne gesehen ...“ Er kraulte sich dabei rhythmisch und versonnen den Bart und schaukelte in seinem Drehsessel sachte herum.

„Ich sehe es nicht gerne, wenn man einer Schwangeren, der sowieso seit ein paar Wochen übel ist, Exkremente auf den Rücken schmiert ... Die Schulmedizin ist da sekundär", unterstrich ich meine Aussage.

Sandor schaute mich an, dann meinte er: „Nun, in Ordnung. Sie sind ja, wie soll ich sagen, die Expertin für die Geburt."

Was an seinem Verhalten genau mich stärker irritierte, seine Selbstgefälligkeit oder dass er mich immer noch siezte, das weiß ich gar nicht mehr.

„Gut", sagte ich und ging wieder zu Vera, um ihr den Rücken gründlich abzuwaschen.

Genau eine Woche später rief sie mich an, leicht stöhnend zwischen den Worten: „Hallo Margarete, ja, also ich glaube, dass es sein könnte, dass ich das Kind heute bekomme! Sandor ist sich auch sicher."

Es war Vormittag, ich fragte sie, wie der Abstand der Wehen sei und machte aus, dass ich mich in einer Stunde auf den Weg zu ihr begeben würde. Die letzten 20 Minuten kam ich in ein schreckliches Gewitter, die paar Meter zur Mühle machten mich patschnass.

Vera hielt sich an der Lehne einer Couch im großen Vorraum fest und veratmete gerade eine Wehe. Sandor saß ein paar Meter entfernt recht unbeteiligt in einem Ledersessel, las in einem Buch und war mit Dreiteiler und Schuhen bekleidet.

„Frau Margarete!", rief er aus, als er mich sah und schien sich zu freuen, dass ich eingetroffen war. Er stand auf und stieg die Stufen hinauf in sein Praxiszimmer, da hatte ich noch nicht einmal „Hallo" zu Vera gesagt. „Schön, dass du da bist und ihn endlich ablöst", meinte sie zu mir.

Ich begann, mir einen Überblick in dieser Gebärsituation zu verschaffen, tastete Veras Bauch ab, fragte nach den Wehenabständen und beobachtete sie ein wenig. Etwas später untersuchte ich Vera vaginal. Ein bis zwei Zentimeter war der Muttermund geöffnet. Ich verordnete ihr für die nächsten Stunden Ruhe mit hoffentlich etwas Schlaf, denn sie kam mir komplett erschöpft vor.

Bis zum späten Nachmittag wechselten sich Wehen und Nickerchen ab. Ich war an Veras Seite und machte ihr Vorschläge, wie sie mit der Situation umgehen könne. Sandor ließ sich nicht ein einziges Mal blicken. Da Vera aber immer wieder ungeduldig nach ihm fragte, stieg ich schließlich die Treppen hinauf und klopfte an seine Türe. Stille. Ich klopfte energischer.

Stille. Schließlich öffnete ich die Türe und fand Sandor tief schlafend vor. Noch immer trug er seinen Anzug samt Schuhen, auf seiner karamellbraunen Lederchaiselonge liegend. Der Bart bewegte sich bei seinem Ausatmen sanft, er hatte die Hände über der Brust gefaltet und schien äußerst entspannt zu träumen. Kurz lächelte er dabei.

Ich räusperte mich laut und sagte seinen Namen. Als er ihn hörte, fuhr er hoch, kam zum Sitzen und tat so, als hätte ich ihn nur beim Lesen gestört. Er hatte sogar plötzlich ein Buch in den Händen.

„Ja, Frau Margarete, komm herein!", sagte er extra laut.

Ich erklärte ihm, dass Vera ihn zur Unterstützung bei sich brauche und auch Hunger habe.

Sandor nickte: „Ich kümmere mich gleich darum!"

Geräuschvoll schloss ich die Tür.

Eine halbe Stunde später kam er mit einer großen Kanne Tee zu uns sowie Butterbroten und Aufschnitt für ihn und mich, wie er klarstellte. Er hatte nämlich nie eine Mutter während der Geburt essen sehen, damals während seiner Zeit bei Ärzte ohne Grenzen. Dafür sei das die richtige Kräuterteemischung, um alles rasch voranzutreiben. Er habe sie extra in der Apotheke zusammenmischen lassen, die Zutaten seien ähnlich wie bei vielen Naturvölkern.

Er reichte mir das Säckchen mit den Inhaltsstoffen, sie waren alle darauf vermerkt: Kamille, getrocknete Mangos, Aloe Vera, Tonerde. Ich konnte keine schädlichen Ingredienzen erkennen, aber ob sie so nützlich sein sollten, die Geburt voranzubringen?

Jedenfalls bestand Sandor darauf, dass Vera eine große Tasse auf einen Zug leeren sollte. Dabei nahm er sie sanft in den Arm und streichelte ihren Kopf. Sie trank alles aus. Danach schien sie eine besonders heftige Wehe veratmen zu müssen und sie klammerte sich dabei an ihren Mann. Schließlich sprang ihre Blase und das Fruchtwasser ergoss sich auf Sandors blank geputzte ebenholzfarbige Budapester Lederschuhe.

Er war verzückt: „Vera, weiter so, das ist wunderbar, wie du auf die Kräutermischung reagierst!"

Veras Wangen wurden rot, verlegen murmelte sie: „Ich freue mich, dass du jetzt wieder da bist."

Die nächsten Stunden verbrachten wir zu dritt damit, die Wehen anzukurbeln. Nach dem Blasensprung waren sie weg und nicht wiedergekommen. Treppensteigen, Rückenmassage und ein heißes Bad regten die

Kontraktionen nicht sehr stark an. Sandor flößte Vera literweise den Tee ein, das führte zu Durchfall, der normalerweise ein gutes Zeichen für eine voranschreitende Geburt ist. Doch nichts geschah.

Veras Muttermund war bei vier bis fünf Zentimetern. Mittlerweile war es spät am Abend und ich hielt es für das Beste, dass Vera Kräfte tanken solle. Also versuchten wir alle ein bisschen zu schlafen.

Ich hatte es mir auf einer Matratze neben Vera, die auf der ausgezogenen Couch schlief, gemütlich gemacht. Von der Mühle ins Haupthaus wollten wir nicht wechseln, um die anderen Bewohner des Hofes nicht zu stören. Ich fand es in der Mühle gemütlich, doch solche geschichtsträchtigen, alten Orte sind nicht immer der beste Platz, um entspannt zu gebären. Ich glaube zwar nicht an spukende Geister, aber ich musste plötzlich intensiv an das Bild der Müllersleute in Schwarzweiß denken und welche Lebensgeschichte diese Menschen hier wohl erlebt hatten ...

Bis sechs Uhr morgens war alles ruhig. Dann weckte uns Sandor mit dem Rumms der Teekanne am Tisch. Vera schrak hoch, aus einem besonders intensiven Babytraum, wie sie mir nachher verriet. Ihre Augen waren rot-geädert.

„So, jetzt muss das bald klappen", sagte Sandor ohne ein Wort der Begrüßung.

Ich nahm ihn darauf zur Seite und erklärte ihm höflich, dass unter der Geburt die Worte „müssen" und „klappen" sehr schwierig für die Gebärende sind. Das Einzige, was klappen müsse, sei die Unterstützung von ihm und jetzt ein Frühstück für alle.

Sandor musterte mich zwar streng, sagte aber kein Widerwort und brachte nach 20 Minuten Striezel, Marmelade, Butter, Käse, Schinken und Äpfel. Vera schaufelte von allem etwas in sich rein und war zufrieden.

Gegen Mittag, als Sandor ihr gerade den Rücken massierte, kamen die Wehen zurück und blieben über mehrere Stunden rhythmisch.

Bei acht Zentimetern Muttermundsöffnung musste sich Vera herzhaft übergeben. Unangenehm für die Frau, aber ein gutes Zeichen, dass der Körper dabei ist, sich vollständig zu öffnen und dem Kind den Weg nach draußen zu ebnen.

Sandor war damit beschäftigt, Vera zu massieren, ihr Tee einzuflößen und die Hand zu halten. Ich merkte: Solange er da war, schritt die Geburt langsam aber stetig voran. Gegen Abend meinte er, dass er sich nun mit einer Kollegin absprechen müsse, und bevor Vera oder ich protestieren konnten, war er schon verschwunden. Mit ihm wenige Minuten danach auch die Wehen.

Zwei Stunden später kam er zurück. Vera war erschöpft eingeschlafen. Davor hatte ich die Herztöne des Kindes überprüft und den Blutdruck der Mutter. Alles war normal. Sandor hatte eine neue Teemischung dabei, die nun dazu führen sollte, dass das Baby geboren werde. Ich sagte ihm eindringlich, das Einzige, das Vera brauche, sei er: Seinen Zuspruch, seine Berührungen, ihn an ihrer Seite. Ich riet ihm, sich jetzt auch auszuruhen und zu schlafen, denn irgendwann in den nächsten Stunden würde das Baby geboren werden.

Schließlich legte ich mich ebenfalls wieder auf die Matratze. Ich träumte wirr von Vera und Sandor, wie sie schon vor 100 Jahren hier gelebt hatten. Sandor schaute fast gleich aus, mit seinem Bart und der konservativen Kleidung, die er sowieso immer trug; Vera wirkte bäuerlicher mit einem langen Kleid, Kopftuch und Schürze. Sie erinnerten mich an das Paar auf dem vergilbten Schwarz-Weiß-Foto, das an der Küchenwand hing und dessen Blick leer war. Im Traum erwarteten die beiden auch ein Kind, aber die Verbindung stand unter keinem guten Stern, denn sie war eine Magd und er ein reicher Gutsbesitzer, das Kind unehelich und somit quasi rechtelos. Dazu tauchte die rachsüchtige betrogene Ehefrau auf ...

Schweißgebadet wachte ich auf, es war vier Uhr morgens. Ich atmete tief durch. Vera war ebenfalls wach. Sie setzte sich auf und schaute mich an: „Du, Margarete! Ich mag nicht mehr. Fahren wir bitte ins Krankenhaus?"

Ich fragte sie nach ihren Gründen, ob sie Schmerzen habe oder ein ungutes Gefühl. „Gar nicht. Aber wenn Sandor noch einmal mit seiner Ex, der tollen Frau Doktor, darüber spricht, mit welchen komischen Kräutern unser Kind auf die Welt kommen soll, dann drehe ich durch. Ich geh mich mal anziehen, kannst du ihn wecken?"

Sie erzählte mir noch, dass Sandor es lange nicht für nötig gehalten habe, sich scheiden zu lassen, obwohl er und seine Exfrau schon viele Jahre getrennt lebten.

„Ich sagte ihm, dass ich schwanger bin und es wichtig finde, dass die Verhältnisse für das Kind klar sind, und er hat nicht reagiert. Ich habe ihn zur Scheidung drängen müssen, was ich schrecklich fand, und trotzdem haben die beiden noch immer Kontakt!"

Ein Schauer durchfuhr mich, dass die Realität meinem Traum so ähnlich schien. Für mich wäre es noch nicht an der Zeit gewesen, ins Krankenhaus zu fahren, aber die Mutter hatte natürlich die Entscheidungsfreiheit. So machten wir uns im Morgengrauen auf.

Sandor Istvan Junior wurde um 8.11 Uhr mit 3.890 Gramm und 51 Zentimetern geboren. Der junge diensthabende Arzt hatte wegen des über 24-Stunden zurückliegenden Blasensprunges und des Alters der Mutter nicht lange gewartet und eine Sectio angeregt, die von Vera und Sandor nicht infrage gestellt wurde.

Das Wochenbett verlief unauffällig, das Stillen klappte und der Kleine gedieh prächtig. Vera ging es mit der Heilung der Narbe gut, und fast wirkten sie wie eine glückliche Familie.

Zum Abschlussgespräch drei Wochen später saßen wir ein letztes Mal in Sandors Praxis zusammen. Wieder nahm er Platz auf seinem Arztsessel und wir vor seinem Schreibtisch, wie Patienten. Diesmal sagte ich aber nichts. Er hielt den kleinen Sandor, der ihm jetzt schon sehr ähnlich sah, im Arm.

Vera meinte, dass sie sich zwar eine natürliche Geburt im Vorfeld gewünscht hatte, aber vom tatsächlichen Ausgang positiv überrascht gewesen sei. Immerhin hätten sich gleich zwei Schwestern im Landeskrankenhaus darum gekümmert, dass das Bonding schon im Operationssaal stattfinden konnte, und der Kleine sei auch die ganze Zeit bei ihr geblieben.

„Ja, das hat mir auch gut gefallen, muss ich hervorkehren!", fügte Sandor hinzu.

„Aber", wurde Sandor laut und bestimmt, „was mich persönlich gestört hat, ist, dass du uns zu wenig Zeit gegeben hast."

Ich überschlug kurz in meinem Kopf, dass diese Geburt mit fast drei Tagen Dauer wesentlich länger als eine durchschnittliche Geburt gebraucht hatte, ja fast Rekord war. Ich bin die ganze Zeit dabei gewesen.

Zögernd stimmte Vera ihm zu und merkte an: „Und ich fand, dass du auch ein bisschen zu passiv warst. Ich dachte, dass du mir sagst, was ich machen soll."

Die Kritik traf mich. Vera sah es mir an, schaute weg und versuchte zu relativieren: „Ich wusste ja schließlich nicht, was ich tun muss. Es ist mein erstes Kind."

Ich überlegte mir viele mögliche Antworten.

Ja, ich war gekränkt, traurig und auch ein bisschen beleidigt. Aber dann dachte ich mir, wie schade für die beiden, wenn das Geburtserlebnis nicht ideal für sie gelaufen war. Und so sagte ich es ihnen: „Es tut mir ehrlich leid, wenn ihr euch die Geburt anders vorgestellt habt!" Was dann passierte, ich weiß noch immer nicht, ob ich es mir einbildete ... Vera rollten die Tränen hinunter. Sie schluchzte, stand auf, um mich zu umarmen, und dann meinte sie: „Margarete, danke. Das hat uns geholfen!"

Doch Sandor saß, zusammen mit seinem Junior im Arm, versteinert und stumm auf seinem Platz.

Ein wenig verwirrt verließ ich die Familie und machte mich auf den Weg nach Hause.

So ganz kann ich es bis heute nicht verstehen. Doch freue ich mich immer wieder darüber, dass Vera mich an zwei Bekannte weiterempfohlen hat.

LYDIA

Lydia fand Margarete durch ein Frauennetzwerk.

Hey Mädels, huhu, ich hab' da ein Problem und weiß echt nich weiter jetzt: Bin in der 28. SSW notoperiert worden wg akutem Darmverschluss. Das war so ein Schock ☹. Gleich danach ging es mir zum Glück sehr gut, dem Baby überhaupt immer. Doch jetzt bin ich in der 33. Woche und mein Bauch ist uuur-riesig. Die Narbe von der OP, die schon so gut verheilt war, die juckt und kribbelt und zieht. Ich hab' jetzt so eine Angst, dass ich innerlich aufreiße und das Baby in Gefahr kommen könnte. Mein Gyn ist gerade auf Urlaub. Eh klar. ☹ Kein anderer Arzt/etc. kann mir sagen, was jetzt wirklich gescheit zu tun ist. Pfff! Von Narbe tapen, über Lasern bis hin zu Akupunktur und noch mal drübernähen?! Habe ich schon alles gehört. Was soll ich denn nun machen, ich kenne mich gar nicht mehr aus?! Im Krankenhaus sagen sie, dass ich mich schon einmal darauf einstellen soll, dass der Kleine früher geholt wird ...

So habe ich Lydia kennengelernt. Durch einen verzagten Beitrag, den sie in einer Gruppe auf einem Internetportal kundgetan hat. Ihr Profilbild war bunt und lustig: Das Gesicht mit einem Regenbogen verschmolzen, dazu ein roter Kussmund und glitzernde Augen. Und dann so viele verzweifelte Worte in nur einem Posting? Wie schade. Diese Freude von ihrem Bild wünschte ich ihr wieder.

Oft bekomme ich mit, dass schwangeren Frauen zwar einiges geraten wird, sie selbst aber keine genaue Ahnung haben, welche Therapie oder welcher Weg für sie der richtige ist. Wie auch, wenn frau vieles zum ersten Mal erlebt und scheinbar unzählige Möglichkeiten hat!

Als Hebamme sage ich meinen Frauen oft, dass sie nicht zu viel ins Blaue nach Symptomen oder Stichworten googeln sollen, denn vieles im Netz ist nicht fundiert recherchiert und trägt zur Angstmache bei.

Privat nutze ich das Internet gerne, meist zum Zweck des Austausches. Ein Lob auf manche Social Media-Gruppe, die dem Austausch dient. Aktionstage wie „Roses Revolution" haben in der Cybervernetzung ihren Anfang gemacht – zum Glück! Ein Lob speziell auf die „Wunderweiber", wo ich Lydia kennenlernte, denn auch mir hat diese geballte Power an Wissen schon öfter geholfen: Vom Computerspezialisten über ein gebrauchtes Fahrrad bis hin zu neuen Jalousien habe ich so alles gefunden, was ich verzweifelt im Cyberraum gesucht hab.

Binnen weniger Minuten hatte Lydias Beitrag schon 14 Kommentare. Ärzte wurden ihr genannt, an die sie sich wenden sollte, dazu Osteopathen, Physiotherapeuten, Masseure, Krankenschwestern.

Eine gute Bekannte hatte mich darunter verlinkt. Also schrieb ich, was ich mir dazu dachte: „Viele der Frauen, die ich begleite, haben Narben.

Einige sind total unauffällig und manche sind zu bearbeiten, sei es auf psychischer Ebene oder weil das Gewebe den Frauen Probleme bereitet. Gut ist darum immer, sich zu fragen, was konkret das ‚Störende' daran ist."

Ich bot Lydia in einer Nachricht an, dass sie sich gerne telefonisch bei mir melden könne, um ihre Lage zu besprechen.

Als ich ein paar Stunden später wieder auf den Beitrag klickte, sah ich, dass es munter weitergegangen war mit den Kommentaren: Viele konkrete Tipps zur Narbenentstörung waren dabei, spezialisierte Masseure waren verlinkt, und und und. Ich war beeindruckt über die kompetente und ausführliche Flut der Vorschläge. Mir fiel nichts mehr ein, was ich hinzufügen hätte können.

Am Abend meldete sich Lydia via Messenger-Dienst:

„Hi Margarete, du hast gesagt, ich darf mich bei dir melden ... ich bin die mit der Narbe, 33. SSW ... Heute juckt sie wieder ganz stark, die Haut ist schon ganz rosa vom Kratzen. Mir ist ganz mulmig deswegen ... Hast du eine Idee? LG Lydia"

„Hallo Lydia: Jucken ist noch kein besorgniserregendes Zeichen für irgendetwas. Dein ganzer Körper ist wegen der Schwangerschaft viel besser durchblutet, die Haut wird dünner, wenn der Bauch wächst. Probiere sie doch einmal mit einer Ringelblumensalbe einzucremen, die ist sehr gut für die Elastizität und allgemein zur Pflege der Haut. Ich kann dir ein paar Apotheken nennen, in der sie eine sehr gute Salbe selber herstellen. Ist die Narbe problemlos verheilt?"

>BILD NARBE< „Ja, schon, die hat mir auch nichts ausgemacht bis jetzt. Aber der Bauch wird täglich größer ... Kann das denn halten?"

„Kann es, sicher! Ich habe so viele Frauen, die nach einem Kaiserschnitt wieder ein Kind bekommen, da hält zum Glück auch – in den allermeisten Fällen – alles. Bei meinen Frauen ist bislang noch nie etwas in Sachen Narbenruptur passiert."

„Margarete, darf ich dich jetzt noch anrufen???"

„Ja, sicher."

Schon an ihrem „Hallo" merkte ich, dass Lydia geweint haben musste. Ich fragte sie gleich, worüber genau sie sich Sorgen mache.

Da platzte es aus ihr heraus: Sie sei irre verunsichert, was mit ihrem Körper gerade geschehe, und sie hätte während der OP eine derartige Angst um ihr Kind gehabt, dass sie zurzeit mit einem weiteren Notfall nicht klarkomme. Und dann fügte sie hinzu, dass sie ihr halbes Leben schon an

Angststörungen leide, das aber so gut wie niemand wissen würde, nicht einmal ihr Lebensgefährte oder ihre Eltern, und dass sie trotzdem seit zehn Jahren eine Therapie mache.

„Diese unkontrollierbare Situation, die hat mich wieder ganz an den Anfang geschmissen, so schlimm war es schon lange nicht mehr mit der Panik ... Was mache ich, wenn es bei der Geburt noch ärger wird, wenn mein Körper dann aus Protest aufreißt? Ich komme mit meinen Gefühlen einfach nicht klar ..." Ich nahm sie sehr ernst, hatte schon eine Handvoll Patientinnen mit Angststörungen betreut und riet ihr, mit ihrem Therapeuten zu reden. Sie malte sich noch verschiedenste Szenarien aus, weinte wieder und wir redeten noch eine Weile.

Am nächsten Abend kam erneut eine Textnachricht von Lydia auf mein Mobiltelefon. „Darf ich dich anrufen?"

Sie hörte sich schon wesentlich besser an und meinte, dass sie schon damit gerechnet habe, dass die Schwangerschaft sie aus dem Gleichgewicht bringen würde.

„Mittlerweile mit dem Riesenbauch ja auch beim Gehen, nicht nur psychisch", lachte sie ins Telefon.

Dann wurde sie still und sagte: „Ich habe über alles nachgedacht und mit meinem Therapeuten besprochen, dem ich sehr vertraue. Darum denke ich, dass ein geplanter Kaiserschnitt für mich in dieser Situation das Richtige ist. Ich schaff' das nicht, wenn mir dann unter der Geburt oder vorher jemand plötzlich eine Sectio einreden will. Weil es akut wird. Ich möchte wissen, was auf mich zukommt ... Aber: Margarete, könntest du mich bitte begleiten? Bitte sei dabei und unterstütze mich! Ich möchte eine möglichst selbstbestimmte Geburt erleben! Trotzdem."

So schnell wie Lydia hatte ich noch keiner Frau zugesagt. Ich wollte sie sehr gerne bei ihrem Weg unterstützen. Eine glückliche Fügung sorgte dafür, dass ich zum Entbindungstermin gerade noch nicht auf Urlaub war und keine anderen Geburten betreute, weil ich an meiner Masterarbeit schrieb.

Wir trafen uns zum ersten persönlichen Gespräch im Wiener Burggarten auf einer Parkbank beim Teich. Lydia begrüßte mich strahlend mit den Worten „Die Hausgeburtshebamme und der Plankaiserschnitt, wir sind ein tolles Paar!", und wir lachten beide über diese Aussage. Sie wirkte gelöst. Die Entscheidung hatte ihr Ängste genommen, den riesigen Berg Furcht, der sie sonst emotional erdrückt hätte, wie sie es formulierte – und das war wichtig. Lydia hatte sich nicht nur fest zu diesem Schritt entschlossen, sondern sie wusste auch ganz genau, wie die Geburt ablaufen solle. Die junge Frau hatte ein konkretes Datum im Kopf, das ihr gefiel und Anfang der 39. Schwangerschaftswoche sein würde. Sie bat mich darum, dass ich sie und das Kind beim sofortigen Bonding noch im OP und mit dem Anlegen an ihre Brust unterstützte.

„Und, ich will den Kleinen selber aus meinem Bauch ziehen!" Diese neue Art der Sectio erlaubte es der Mutter, aktiver an dem Geschehen teilzunehmen. Zu der Zeit, als Lydia schwanger war, gab es lediglich ein paar wenige Artikel in Fachzeitschriften darüber und ich hatte noch von keinem Arzt in ganz Wien gehört, der eine solch spezielle Art der Schnittgeburt schon einmal begleitet hatte. Das sprach ich offen an.

„Ich werde schon einen finden", meinte Lydia optimistisch, zwinkerte die Augen zusammen und genoss die strahlende Sonne auf ihrem Gesicht. Wir besprachen weitere Details und machten aus, uns vor der Geburt noch zwei Mal zu treffen und bei Fragen jederzeit zu telefonieren.

Eine Woche später erhielt ich wieder eine Text-Nachricht am Abend: „Margarete, kann ich dich noch anrufen?"

Lydia sagte kein „Hallo" oder eine andere Grußformel, sondern kam sofort zum Punkt: „Ich habe einen Arzt gefunden!", sprudelte es aus ihrem Mund in mein Ohr. Sie hatte tatsächlich einen Frauenarzt im 18. Bezirk ausfindig gemacht, der sie gerne bei der Geburt ihres Sohnes unterstützen wolle, mit allen Sonderwünschen, wie er ihr versicherte. Wieder habe sie in die Gruppe geschrieben und es habe erneut geklappt. Durch die Empfehlung einer anderen Frau aus der Gruppe bekam sie die Daten von Dr. Martino Müller, der im Netz kaum sichtbar vertreten ist: „Der hat nur einen Eintrag im Telefonbuch, niemals hätte ich ihn gefunden! Und ohne Bewertung auf einer Plattform wäre ich sowieso nie zu ihm gegangen …"

Meine Netz-affine Schwangere erinnerte mich daran, dass ich dringend meine Homepage updaten sollte, um die Suchmaschinen-Rangliste zu verbessern.

Dann schwärmte Lydia weiter von Doktor Müller, der lange Oberarzt in einem großen Wiener Spital gewesen sei und nun nur noch eine Privatpraxis betreibe: „Seine Frau arbeitet mit, die ist auch ein Zuckerstück, die Gute, macht die Termine so aus, dass man wirklich gleich drankommt! Dabei stehen so viele interessante Bücher zum Lesen im Warteraum, na was sag ich, das ist wie ein Wohnzimmer!"

Ich fragte sie, wie der Arzt auf den Wunsch reagiert hatte, dass sie ihr Kind selbst aus dem Bauch heben wolle. Sie grinste und erzählte: „Er hat gemeint, wäre er selbst eine Frau, würde er das auch in dieser Art machen wollen, bekäme er einen Kaiserschnitt!"

Wir verabredeten ein Treffen in jener Privatklinik, in der die operative Geburt stattfinden würde, damit ich den Arzt und er mich kennenlernen konnte.

An einem warmen Nachmittag im September fuhr ich mit der Straßenbahn in den 19. Bezirk. Einige Stunden konzentrierten Schreibens in der Hauptbibliothek an meiner Abschlussarbeit lagen hinter mir. Die Tram schlängelte sich stadtauswärts, langsam wurde die Umgebung grüner. In der Nähe einer bekannten Sektkellerei befand sich das Spital, ich bin früher schon dort gewesen, um Frauen zu begleiten. In Privatspitälern ist es meist unkompliziert, einen Wahlhebammenvertrag zu bekommen und damit dann werdende Mütter bei der Geburt zu begleiten. Darum würde meine Arbeit bei Lydias Geburt nur ein wenig Bürokratie erfordern und keine großen Umstände machen.

Ich durchschritt einen hellen, hohen Eingang und kam zum Empfang, wo mir eine freundliche Dame den Weg zur Geburtsstation erklärte. Seit meinem letzten Besuch hier hatte sich wegen einer Generalsanierung des Hauses alles verändert. Die Klinik war nun noch luxuriöser, heller und technischer.

In einer Aufenthaltsecke vor den Kreißsälen würden wir uns treffen, hatten wir ausgemacht. Ich war einige Minuten zu früh dran, mit Lydia und dem Arzt sei wohl noch nicht zu rechnen, dachte ich, als ich auf einer quietschgelben Couch Platz nahm. Einige Zeit musste ich auf den Blumenstrauß vor mir am Tisch starren. War der echt? Oder doch nicht? Ich konnte mich nicht entscheiden.

So bemerkte ich nicht gleich, dass mich jemand von der Seite ansah. Es war ein Mann mit dunklen, leicht versilberten Haaren, blauem Poloshirt und Jeans. Ich lächelte ihn flüchtig an, das musste sicher ein werdender Papa sein, der zum Durchschnaufen in den Wartebereich gekommen war. Als er sich nach vorne lehnte, war ich mir allerdings sicher, dass er kein Jung-Papa war: Er war nicht nervös genug für eine Frau in den Wehen. Dann sprach er mich an: „Entschuldigen Sie, Hebamme Margarete, richtig?"

Ich nickte: „Ja ..." Er stand auf und stellte sich als Doktor Müller vor. Vom Foto auf meiner Homepage habe er mich erkannt, fügte er hinzu.

„Lustig, Sie waren auf meiner Seite – ich habe gehört, dass Sie ja kaum zu finden sind im Netz. Aber selbst googeln Sie schon ...?"

Er grinste übers ganze Gesicht: „Ja, erwischt ... Ich darf mir den Spott immer von meiner Frau anhören. Aber ich habe keine Geduld für diese technischen Angelegenheiten. Auf Sie war ich allerdings sehr neugierig, ich habe Ihren Namen schon ein paar Mal von Patientinnen gehört."

In dem Moment watschelte Lydia, so benannte sie ihren Gang selber einige Sekunden später, um die Ecke: „Superschön, dass ihr euch schon gefunden habt! Dann gehen wir es an, oder? Ich hab' nachher noch eine Float-Massage hier."

Zu der Behandlung sollte es die werdende Mutter nur sehr knapp schaffen. Über eineinhalb Stunden besprachen wir ganz gründlich jedes Detail der bevorstehenden Geburt. Lydia gab uns einige Zettel in die Hand, auf denen in Grafiken und Skizzen erkennbar war, wie sie sich die Geburt ihres Sohnes Cäsar vorstellte. Immer wieder witzelte sie, dass sich der Name durch den Geburtsmodus ergeben habe, obwohl der Feldherr nicht kaiserlich geboren wurde.

Lydia wollte zur Betäubung einen Kreuzstich, ihren Lebensgefährten bei sich im OP und mich dazu, um das Kind in Empfang zu nehmen. So weit wenig ungewöhnlich.

Dann führte sie aus: „Ich will bei jedem Schritt vom Schnitt zusehen, daher bitte das OP-Tuch absenken und mich etwas höher lagern. Zum Schluss will ich meinen Sohn selbst herausziehen und den Körperkontakt nicht verlieren, während mir jemand hilft, ihn auf meine Brust zu legen. Margarete, kannst du ihn dann seeden? Dr. Müller, darf die Nabelschnur auspulsieren? Die Musik für die Prozedur habe ich hier übrigens auf CD gebrannt."

Ich beobachtete den Arzt. So mancher seiner Zunft wäre jetzt entweder schreiend oder hysterisch lachend weggelaufen, darum war ich auf seine Reaktion sehr gespannt.

Dr. Müller sagte: „Ist das alles, so im Groben und Ganzen?" Er starrte auf den Zettel, kratzte sein Kinn: „Eines ist schwierig ..."

Lydia und ich klebten an seinen Lippen, bis er nach einer Pause weitersprach: „Alles ist machbar ... Wegen dem Herausheben habe ich meinen Kollegen in Berlin schon gesprochen, das funktioniert, wenn wir Ihre Hände führen. Auch die Nabelschnur kann auspulsieren, zumindest fünf Minuten. Wenn es keine Probleme bei der Ablösung gibt, das ist die Voraussetzung. Und das Seeden, ja, Margarete, wir sagen doch du, oder? Wenn du das übernimmst, dann passt das für mich ..."

Wir warteten auf seinen Einwand, doch der kam nicht.

„Du hast noch ein Aber angesprochen", sagte ich schließlich neugierig.

„Ja, genau. Die Musik. Das geht nicht. Bis zum Geburtstermin ist die Stereoanlage sicher nicht repariert."

Lydia und ich grinsten einander an und sie meinte: „Schon gut. Derart wichtig ist das nun auch nicht."

Die Zeit verging und der Tag der Geburt von Lydias Kind war gekommen. Mein Telefon piepste am Abend, es war eine Chatnachricht von Lydia: „Margarete, darf ich dich anrufen?"

Wir telefonierten zwei Stunden. Alles kam in Lydia hoch: Der Grund für ihre Angststörung, oder vielmehr der Auslöser, dass sie hoffte, deshalb keine schlechtere Mutter zu sein. Wie sich ihr Leben mit der Furcht verändert hätte, sie das aber gar nicht wollte. Sie erzählte mir sogar von ihrem visualisierten Herzensziel, das sie sich mehr als alles wünschte: Mit dem Fiaker durch die Innenstadt zu fahren, ohne Herzrasen, Schwindel oder ein Zittern am ganzen Körper zu erleiden.

„Ich kann schon vieles machen, seit ich in Therapie bin. Auch bei moderaten Menschenmengen weiß ich mich mental zu rüsten. Doch ich habe diese eine fixe Vorstellung, die mir Angst macht. Als Kind bin ich mit meinen Großeltern in einer Pferderlkutsche gefahren und wir haben uns ganz Wien angeschaut. Ich komm ja aus Salzburg. Irre, so schön war das. Doch ich schaffe es nicht einmal, über den Stephansplatz zu gehen, wenn ich mich nicht ganz an den Rand zu den Gebäuden quetsche. Und dann so ausgeliefert drübertraben, durch den ganzen ersten Bezirk ... in einem Fuhrwerk ... so mutig möchte ich unbedingt irgendwann sein."

Wir beendeten das Gespräch als Freundinnen. Ich war berührt davon, dass sie mir ihre Geschichte erzählt hatte. Dazu war sie heimlich aus dem Krankenzimmer rausgeschlichen in ein Besuchereck, um mit mir zu sprechen. Beim Verabschieden konnte ich Schwester Wilma hören, die Stimme schallte brüsk ins Telefon: „Am Tag vor der Geburt, da brauchen Sie Ruhe, bitte jetzt ab ins Bett, dafür sind Sie hier!"

Jajaja, Wilma. Hart und wenig zart. Auch sie kannte ich von früher.

Der nächste Tag verlief genau, wie Lydia es sich gewünscht hatte. Ohne Hektik begann die Vorbereitung auf die OP erst zu Mittag; in der Früh hatte man ihr sogar gestattet, ein paar kleine Schlucke Wasser zu trinken. Dr. Müller traf gut gelaunt ein, was ich seinem fröhlichen Pfeifen entnahm. Er trug wieder Polo und Jeans zu diesem letzten Gespräch, bevor er sich für den OP umzog.

Für das sogenannte „Seeding" legte ich einen Tupfer in Lydias Scheide, der für eine Stunde dort verblieb. Danach entfernte ich ihn sanft und hob ihn steril in einem Beutel auf. Nach dem Kaiserschnitt hat das Seeden in Form des benetzten Tupfers den Zweck, einen speziellen Teil des natürlichen Geburtsvorgangs nachzuahmen. Und zwar durch das gezielte Übertragen mütterlicher Vaginalflora, die dem Kind oral verabreicht wird. So, als würde es durch die Scheide nach draußen schlüpfen. Diese Art Schluckimpfung soll, so neue Studien, essentiell für das Immunsystem des Kindes sein. Die Sterilität einer Schnittgeburt könne ansonsten nämlich verhindern, so die wissenschaftliche Erkenntnis, die kindliche Krankheitsabwehr optimal aufzubauen.

Im Operationssaal war es angenehm ruhig. Lydias Lebensgefährte hatte einen MP3-Player für seine Partnerin mitgebracht, damit sie durch leise Musik aus den Ohrstöpseln von den Geräuschen der Operation abgelenkt wurde. Er wusste mittlerweile um ihre Angststörung und kümmerte sich rührend. Für sie sei diese Ehrlichkeit ein weiterer Schritt in Richtung eines neuen „Es muss gar nicht zu normal sein"-Lebens gewesen, wie sie mir erzählt hatte.

Dr. Müller erklärte jeden Schritt und jeden Handgriff der Operation. Dann wurde das OP-Tuch noch weiter abgesenkt. Lydias Hände wurden von der Fixierung befreit und mit sterilen Handschuhen, die ihr bis zu den Oberarmen reichten, überzogen, damit sie geschützt in den Bereich ihrer Bauchoperation greifen konnte.

Der Arzt führte ihre Hände zum herausschauenden Kopf des Kindes, und mit einem entschlossenen Griff hob Lydia ihren Sohn aus dem eigenen Bauch. Eine Hand war unter seinem Brustkorb, die andere am Rücken. Stille. Dann ein Schrei. Der kleine Kerl meldete uns lautstark sein Erscheinen im Leben. Doch das Schreien war nicht klar, sondern verschleimt.

Ich sagte zu Lydia und dem Papa des Kindes: „Das sind die Anpassungsschwierigkeiten, von denen ich gesprochen habe ... Weißt ja, die können sehr oft bei einem Kaiserschnitt vorkommen ..."

Das Neugeborene wurde abgesaugt und Dr. Müller besah sich den Säugling, der nach wenigen Augenblicken normal zu schreien begann. Lydia und ihr Freund weinten, Dr. Müller löste die Plazenta und schon konnte der Kleine dicht bei seiner Mama nahe ihres Herzens liegen. Das Seeding dauerte nur ein paar Sekunden.

Ich musste bei den ersten Saugversuchen kaum helfen, denn Lydias Baby dockte bald suchend an der Brust an.

Im Aufwachraum bedankte sich Lydia viele Male bei mir. Sie wirkte erschöpft und blass, aber glücklich. Ich entgegnete, dass ich kaum etwas gemacht hatte. Ihre Leistung war es, dass der Bub den Bauch verlassen hatte und in zwei starke Hände geboren wurde.

„So gesehen passen wir wirklich gut zusammen, du, die Plankaiserschnitt-Mama, und ich, die Hausgeburts-Hebamme. Denn viele meiner Frauen gebären ihre Kinder in die eigenen Hände."

Wir freuten uns gemeinsam, dass alles gut verlaufen war.

„Und der kleine Cäsar ist so schön in dieser Welt angekommen. Bleibt es denn bei dem Namen?"

Lydia schmunzelte. Dann schüttelte sie den Kopf.

„Wir haben es uns noch einmal überlegt ... Friedrich ist irgendwie auch herrschaftlich genug."

Genau vier Jahre nach diesem Ereignis piepste am Nachmittag mein Handy. Es war eine Textnachricht von Lydia. Sie hatte mir ein Video geschickt, das zeigte, wie Lydia und Friedrich in einen Fiaker stiegen, im Hintergrund war eine Seite des Stephansplatzes zu sehen.

„Huhu, wir machen eine Geburtstagsausfahrt!", rief sie und winkte.

„Weil ich voll vier bin!", sagte der kleine Friedrich, grinste breit und streckte vier Finger in Richtung Kamera.

Die Kutsche fuhr los und ich konnte nur noch eine Mami erkennen, die ihrem Sohn alle Sehenswürdigkeiten der Stadt erklärte. Links, rechts, oben zeigte sie mit ihren Armen hin. Keine zitternde Hand, nur wohlige Aufregung in der Stimme. Keine Angst im Herzen, nur Liebe. Und ein bisschen Stolz ...

Ich sag ja oft: Hausgeburtsfrauen und Wunschkaiserschnittfrauen haben eines gemeinsam: Es geht ihnen um die Sehnsucht nach Selbstbestimmung.

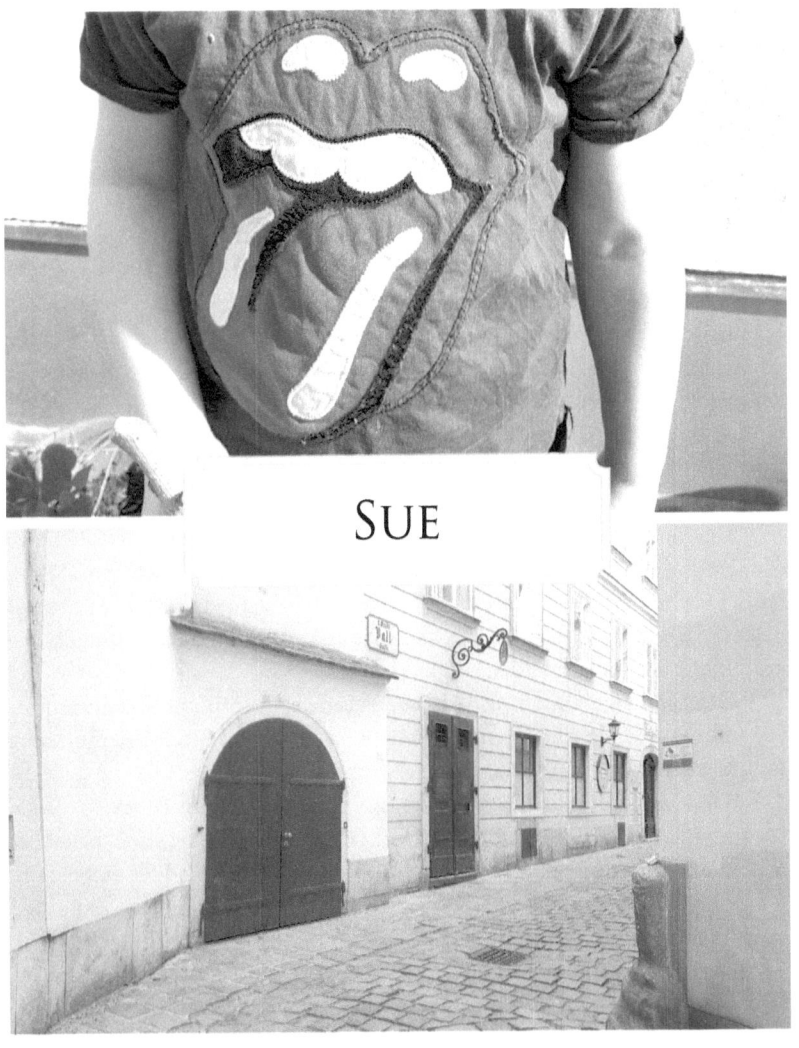

SUE

Diese Familie hat ein Faible für Shirts bekannter Bands.

Margarete spazierte durch enge Seitengassen
und stand plötzlich vor einem Geschäft.

Ich bilde mir ein, dass ich es in meinem linken Ohr spürte und dieses Knacksen hörte, als ich in dem schicken stahl-glasigen Lift über einige Stockwerke hinweg direkt in das Loft fuhr. Der Druck. Höhenunterschiede merke ich immer schnell.

Als sich die Tür des Aufzuges mit einem Klingeln, das man aus alten amerikanischen Filmen kennt, öffnete, sah ich Sue. Sie stand vor mir mit einem breiten Lächeln und deutete, doch weiterzukommen. Die werdende Mutter konnte gerade nicht mit mir reden, hatte einen Stöpsel an der Ohrmuschel, ein Mikro ans Revers geklippt und ein Tablet in der linken Hand. Mit der rechten fuhr sie sich immer wieder durch die kurzen braunen Haare. Mal zog sie an einer Strähne, dann zwirbelte sie einzelne Haare oder wuschelte über den Hinterkopf. Das hing wohl vom Grad ihrer Konzentration ab, schien es. Die Frau erinnerte mich vom Typ stark an die hübsche Cornelia Primosch vom ORF, sogar bis hin zum Nasenstecker auf der gleichen Seite.

Sue führte mich zu einer Sitzgruppe, ein Wasserkrug und ein Obstkorb standen auf einem Tisch daneben bereit. Sie zeigte mir: „Noch fünf Minuten!" Dazu machte sie eine lustige Grimasse: Sie schielte mit ihren großen blauen Augen nach oben und ließ ihre Zunge auf einer Seite zwischen den perfekt rot ausgemalten Lippen hängen.

Gleich war sie wieder ins Gespräch vertieft, die Stimme fest entschlossen und so laut, dass es ganz leicht im Raum hallte, während sie mit einer Frau Doré über deren Anwesen nahe Nizza sprach.

Sue stellte sich zur Mücheninsel und schrieb in einen Block, während sie mit ihren Beinen Gymnastikübungen machte. Sie ist eine bekannte Scheidungsanwältin, zu ihr kommen die echten Promis und die unbekannten Reichen und später einmal ich, aber das wusste ich zu diesem Zeitpunkt noch nicht.

Ich füllte ein Glas mit Wasser voll und trank einen großen Schluck. Erst jetzt nahm ich die atemberaubende Aussicht der Wohnung wahr. Nahe beim Donaukanal gelegen, konnte man durch die Panoramafenster bis zum Riesenrad, der Urania, dem Stephansdom und darüber hinaus schauen. Ich war ganz überrascht, welche Sehenswürdigkeiten man aus dieser Perspektive entdeckte.

„Wir leben schon in einer wunderschönen Stadt", meinte Sue, die plötzlich neben mir stand. „Entschuldige, Margarete, das Gespräch ... die Dame braucht sehr viel Zuwendung. Ihr Mann hat sie wegen einer Jüngeren, so einer 20-jährigen Schönheitskönigin, sitzenlassen, und glaubt jetzt, er ist auch wieder der junge Hengst, naja, jetzt soll ich ihm die ... na, du kannst dir schon vorstellen, was eine betrogene Frau sagt, die 30 Jahre mit einem Mann verheiratet war, der sie plötzlich abschießt. Sagen wir mal, ich soll ihn dafür bluten, nein, ausbluten lassen."

Wir setzten uns auf die Couch und für ein paar Sekunden schien es, dass Sue nicht wusste, wofür ich da sei. Dann lachte sie, strich sich über den leicht gewölbten Bauch und meinte: „So, Schätzchen, jetzt geht es nur um dich!"

Wir plauderten ein wenig, Sue entschuldigte sich noch einmal, dass sie mich warten lassen hatte, doch wir redeten bald schon konkret über ihre Vorstellungen zur Geburt. Die werdende Mutter schilderte mir, dass sie ihr erstes Kind „per Kaiserschnitt entbunden bekommen" habe. Nüchtern erklärte sie, dass diese Option nun nicht mehr für sie in Frage käme und daher das Kind mit einem eigenen Hebammenteam in einer Privatklinik auf die Welt kommen sollte, ursprünglich, denn: „Ich habe ihnen gesagt, egal was es kostet, einen Kaiserschnitt einfach so, nur weil es bei der ersten Geburt dazu gekommen ist, das will ich nicht! Bei den Gesprächen war das auch okay, kein Thema, aber dann wurden die beiden vage und haben sich auf den Arzt ausgeredet. Sie meinten, der Herr Doktor würde nicht ewig zuwarten, kein Risiko eingehen. Mir kam es komisch vor und damit war die Sache für mich klar. Also habe ich mich umgehört und es schon erwähnt am Telefon, dass ich deine Nummer von der dritten Frau des Prinzen hab', du weißt schon, die bildhübsche Layla, auch sie habe ich bei der Trennung unterstützt, aber pssst. Ja, und so, darum sitzen wir jetzt hier!"

Sie strahlte mich an. Wir besprachen ihre konkreten Vorstellungen; weshalb es zur Sectio gekommen war, las ich mir im Operationsbericht durch, den sie für mich vorbereitet hatte, und ich erklärte ihr meine Voraussetzungen für eine spontane Geburt. Es war so weit nichts gegen ihre Wünsche einzuwenden und ich rechnete auch nicht damit, dass es noch zu einer Kontraindikation kommen würde.

Schließlich begleitete Sue mich wieder Richtung Lift.

Auf dem Treppenaufgang, der zu einem Plateau führte, bemerkte ich plötzlich etwas, das mir zuvor nicht aufgefallen war. Drei enorme Königspudel-Statuen. „Die sehen aber sehr echt aus", meinte ich im Vorbeigehen. Sue lachte laut und versicherte mir, dass alle Besucher das sagen würden. „Das Geheimnis dahinter: Die drei sind echt!" Ich musste noch ein paar

Mal hinsehen, weil ich es kaum glauben konnte, denn die Hunde atmeten scheinbar unsichtbar. Einer war weiß, einer grau und der dritte schwarz. Ich hätte geschworen, das wären Puppen!

Sue rief sie bei den Namen: „Ambros, Fendrich, Danzer! Los, Formation!" So still die drei davorgestanden waren, so flink bewegten sie sich nun. Die beiden dunklen machten Männchen, während der weiße herrschaftlich in der Mitte stand und nur den Kopf weit nach oben reckte.

„Ja, der Fendrich, der ist ein kleiner Fauli, und eitel ist er auch. Immer will er sich einfach nur anschaun lassen. Aber er ist auch ein Fescher und ein Süßer! Gelle, ihr Braven, ja, jetzt gibt's ein Leckerli vom Frauli!"

Sue teilte Hundekekse aus, danach brachte sie mich zum Lift.

Als ich hinabfuhr, fing plötzlich ein ganz penetranter Ohrwurm – „I am from Austria" – in meinem Kopf zu schallen an, der sich nur mit „Jö schau" abwechselte. 2000 hatte ich die Austria 3 auf der Donauinsel gesehen. Eines der Konzerte, die ich nie vergessen werde.

Beim nächsten Hausbesuch lernte ich den Mann von Sue, Alexander, kennen. Er war hochgewachsen und schlank mit kinnlangen lockigen Haaren, runder Brille und einem etwas verwaschenen Guns n' Roses-Shirt. Auch er war Jurist, leitete die Rechtsabteilung einer bekannten Tierschutzorganisation.

Zügig streckte er mir die linke Hand entgegen. Am rechten Arm kuschelte der kleine gemeinsame Sohn, dieser trug das gleiche Shirt: „Das ist Cedric, er ist zwei geworden." Der Bub hielt mir die Hand zu einem „High Five" hin und ich schlug ein.

Als wir gleich darauf entspannt auf der Couch saßen, konnte ich mir eine Bemerkung über die Jobs der beiden nicht verkneifen. Ich fand es zu interessant, dass Sue und Alex dasselbe studiert hatten, aber in wirklich unterschiedlichen Gebieten arbeiteten. Also fragte ich nach, wie es dazu gekommen war.

„Na, sie ist eine karrieregeile Tussi ohne Moral, was hätte sie anderes werden sollen", meinte Alexander frisch heraus.

Sue konterte: „Tja, dieser Mann, den du hier siehst, der ist ein noch nicht desillusionierter Weltverbesserer, so ein Flower-Power-Jurist. ‚Make Love not Paragraphen geltend' ist sein Credo, stimmt's Schatz!?"

Beide sprachen ihre Statements ganz trocken aus, ohne eine Miene zu verziehen. Doch gleich darauf lachten sie köstlich darüber. Schräges Paar, dachte ich, und dass sie herrlich sympathisch waren.

Dann wiederholte Sue die Aussage ihres Mannes: „Eine karrieregeile Tussi soll ich sein? So eine trägt doch sicher nicht das."

Sue war wieder von oben bis unten durchgestylt mit schwindelig hohen Stilettos, einer schicken grauen Anzughose im Nadelstreif, dazu der passende Blazer. Diesen streifte sie ab und drehte sich um: Das gleiche Rock-Band-Shirt, das auch ihre Jungs trugen, kam zum Vorschein. Nur hatte sie es falsch herum angezogen.

„Komm her, du verrückte Pudel-Nudel!", rief ihr Mann.

Sue schwang sich auf Alexanders Schoß und klärte mich über eine kleine Wette auf: „Immer, wenn er nicht merkt, dass ich das Leiberl trage, muss er mich auf ein Eis einladen. Ich bestehe dieses Mal auf ein großes, beim Eis-Greissler! Kürbiskern und Ziegenkäse und Grießschmarrn. Mhhhhhm!"

Ich sah mich in der riesigen Wohnung der Familie um, die einen Haufen edler Design-Stücke beinhaltete, und musste in mich reinschmunzeln.

Cedric schmiss sich zu seinen Eltern dazu und saß glücklich gekuschelt bei seiner Mama, die in meine Richtung gewandt sagte: „So, jetzt weißt du, wie es bei uns zugeht, Margarete. Ich hoffe sehr, dass du dir das trotzdem noch antun magst, sonst muss ich das Kind ganz alleine bekommen!"

Natürlich wollte ich.

Es war, wie ich es vermutet hatte: Die Schwangerschaft blieb unauffällig und Sue und dem Baby ging es bestens.

Kurz vor dem errechneten Geburtstermin wurde sie allerdings nervös. Sie rief mich immer wieder an und sprach davon, dass sie nicht glaube, das Kind bald zu bekommen. Ich redete mit ihr und erzählte von den zahlreichen Erfahrungen, die ich als Hebamme gemacht hatte: Einige Tage „drüber" zu sein, das sei sehr normal und in den allermeisten Fällen kein Grund zur Besorgnis. Ein Kind hätte kein Ablaufdatum und der Geburtstermin sei lediglich ein errechnetes, also sehr vages Datum.

Sue überschritt den Stichtag schließlich um zwei volle Wochen. Alles war trotzdem bestens mit dem Kind, wie ein Dopplerultraschall bei ihrer Frauenärztin zeigte. Doch die Hochschwangere war kaum mehr zu beruhigen.

Wir telefonierten zu Mittag des 14. Tages. Sue hatte gerade mehr als deutlich gemacht, wie sehr die Situation sie nerve, ja, langsam ihr auch Angst mache, sogar ihrer Mutter, der das komisch vorkäme (bislang hatte sie sie noch mit keinem Wort erwähnt). Dann schloss sie ihre energische

Rede mit den Worten: „Wenn das Wuzzi nun also nicht bald kommt, dann geh' ich wieder in die Kanzlei arbeiten, jawohl ... Oh, hoppala!"

Die Fruchtblase war geplatzt.

Sue war nun so erleichtert, dass sie gar keine Angst vor der jetzt wirklich nahenden Geburt zu haben schien. Sie lachte und sagte mehrmals „Yippie", bis die erste Wehe einsetzte und ihr ein wenig den Atem raubte.

Ich sagte ihr, dass ich mich bald auf den Weg machen würde, und sie entgegnete, ich solle mir Zeit lassen, denn sie mache es sich mit ihrer Geburtsmeditations-CD in der Badewanne gemütlich. Zur Einstimmung.

Bis ich zwei Stunden später eintraf, schickte mir Alexander Updates. Es schien voranzugehen, wie ich an der Intensität und vor allem Rhythmik von Sues Tönen schon bei der Lifttür wahrnehmen konnte. Alexander war sehr aufgeregt. Er erzählte mir, dass Sue sich in einem Zustand der Trance befände, und sagte enttäuscht: „Und ich kann ihr gar nicht helfen ..."

Ich untersuchte Sue, die mit geschlossenen Augen und einer tiefen, starken Atmung den Wehen begegnete. Siehe da, der Muttermund war schon fast ganz verstrichen! Das gab ich Alexander weiter, der gerade in der Küche Tee zubereitete: „Weißt du, wir müssen ihr gar nicht helfen, Sue macht das sehr gut, wie sie auf ihren Körper hört, wir werden einfach beobachten."

Er nickte und druckste herum. „Es gibt da ein anderes Problem. Die Pudel. Sie kotzen alles voll ..." Und in dem Moment übergab sich Fendrich auf meine Socken.

„Oh, ja, es kommt öfter vor, dass Tiere sehr nervös reagieren", kommentierte ich die Situation. Die nächsten 20 Minuten war ich damit beschäftigt, Hundekotze wegzuwischen. Die Tiere schienen deutlich zu spüren, dass die Geburt nun ganz knapp bevorstand, und wurden immer aufgeregter – was sich eben darin äußerte, im Sekundentakt zu speiben.

Mindestens einer der drei schien auch Blähungen zu haben. Alexander und ich wechselten zwischen Sue und Hundekotze hin und her.

Als das letzte Blatt Küchenrolle verbraucht war, wurden die Hunde plötzlich still. Fünf Minuten später war der kleine Junge in der Badewanne geboren. Sue hatte nur zwei Presswehen gehabt, mit denen sie gut mitgehen konnte. Als sie ihr Baby in den Händen hielt und aus dem Wasser fischte, öffnete sie ihre Augen wieder. Davor waren sie immer geschlossen gewesen. Beide Eltern sagten kurz nichts, dann „Oh" und unisono: „Es ist ein Mick!"

Dann folgte Stille, die nur durch Fendrich durchbrochen wurde, der auf lauten Sohlen in das Bad tapste und leise, aber wie ein Wolf das Baby anheulte. Hinter ihm kamen Danzer und Ambros zum Vorschein.

Den Hunden ging es wieder bestens, und auch Mama und Kind waren wohlauf. Nur Alexander und ich waren völlig fertig – vom Pudel-Kotze-Aufwischen.

In den nächsten Tagen kam ich regelmäßig zur Nachsorge, die hauptsächlich aus netten Plaudereien, Plazentadruckbilder anfertigen und Plazentaschnaps herstellen bestand. Einige Male musste ich Sue deutlich ermahnen, dass wenige Tage nach der Geburt kein geeigneter Zeitpunkt ist, wieder mit dem Arbeiten zu beginnen. Sie legte dann immer demonstrativ das Telefon weg, das sie sicher gleich wieder in der Hand hatte, sobald ich gegangen war. Mein einziger Trost war: Sie schien es auszuhalten – und Mick auch.

Als ich zum letzten Besuch kam, zeigte mir Sue stolz, dass sie einen Künstler gefunden hatte, der eigentlich Tätowierer war und den Plazentadruck in die linke Ecke ihres Panoramafensters graviert hatte: „Dann schaut der Abdruck aus wie eine Sonne."

„Wow, das sieht in der Tat spektakulär schön aus!", entfuhr es mir.

„Und das ist der Schnaps, schon hübsch abgefüllt, wenn sich dann meine Schwiegereltern nächste Woche blicken lassen. Vielleicht hilft ja meine Plazenta dabei, dass sie mich endlich nach zehn Jahren mal leiden können ..."

Sue deutete auf eine Bleikristallkaraffe mit Stamperln im selben Design rundherum. Ich lachte über diese Idee und meinte: „Einen Versuch ist es wohl wert!"

Genau ein Jahr später – ich weiß es deshalb, weil ich erst Tage zuvor die Buchhaltung fertiggestellt hatte und über Sues Honorarnote gestolpert war – rief sie mich wieder an.

„Margarete!", trällerte sie fröhlich in das Telefon. „Ich bin wieder schwanger!"

Ich gratulierte ihr zu den frohen Neuigkeiten und wir machten einen ersten Termin für einen Hausbesuch zu einem späteren Zeitpunkt der Schwangerschaft aus. Ich betrat die Wohnung, die sich nicht verändert hatte, und Alexander nahm mich in Empfang. Er hatte beide Jungs am Arm. Einer trug ein Oasis-Shirt, der andere eines von Blur und der Papa selbst eines von ... Britney Spears!

Er sah mein Grinsen darüber und ich sprach gleich aus, was ich mir dachte: „Wette verloren?"

Alexander nickte nur. Sue legte gerade das Telefon weg, als sie mich sah und gleich freudig umarmte. Ihr Bauch war schon deutlich zu sehen und auch, dass sie sich wieder sehr wohl in ihrer Haut fühlte. Das bestätigte sie, als wir über den bisherigen Verlauf der Schwangerschaft sprachen. „Alles gut, ich fühle mich fit, gar nicht mehr müde. Manchmal zwackt's ein bisserl im Rücken, aber das hab' ich auch, wenn ich nicht schwanger bin."

Viel gab es zum Ablauf nicht zu sagen, da wir gemeinsam schon eine Hausgeburt erlebt hatten. Gegen Ende des Gespräches wollte ich aber noch etwas thematisieren, das mir sehr am Herzen lag: die Hunde. Ich stellte klar, dass mich die drei Pudel nicht störten, aber ihr Verhalten während der Geburt von Mick schwierig gewesen war.

„Du meinst das Kotzen?", sprach Sue es ohne Beschönigung aus.

„Ja", nickte ich.

Alexander brachte sich ein und meinte, sie hätten schon darüber geredet. „Wenn es losgeht, dann bringe ich die drei zu einer Freundin. So werden wir es machen."

Am Tag des errechneten Geburtstermines besuchte ich Sue zu Hause. Sie war mit den Nerven schon wieder fertig – punktgenau zur gleichen Zeit, wie es damals in der vorherigen Schwangerschaft gewesen war. Also heulte sie sich bei mir aus. Mit Tränen und Worten, denn sie fürchte, das Kind würde nicht einfach so zur Welt kommen und sie müsse vielleicht ins Krankenhaus deswegen.Ich beruhigte sie und fragte nach, woher diese konkreten Ängste denn kämen. Sie schluchzte und meinte, dass ihre Mutter am Tag zuvor bei einem Heiler gewesen sei, der astrologische Traumanalysen mache. Die Sterne würden einfach nicht günstig stehen für eine Geburt. Darum würde das Kind nicht geboren werden.

Ich schluckte. Dann holte ich tief Luft. Bei mir dachte ich: Ja, hat dieser windige Kerl denn überhaupt eine leise Ahnung davon, wie es für eine Hochschwangere ist, einen solchen Stuss zu hören? Und was ist mit ihrer Mutter, wie kann sie dem eigenen Kind von einem derartigen Blödsinn erzählen? Innerlich war ich komplett fassungslos, doch ich wollte mir das nach außen, vor Sue, keinesfalls anmerken lassen.

In der Schnelle erzählte ich der werdenden Mutter deshalb von einer einfachen Beobachtung, die ich schon oft gemacht hatte: „Drinnen ist noch keines geblieben!"

Wir verabredeten ein Treffen für den nächsten Tag, zu dem ich gut gerüstet kommen wollte, wie ich versprach ... aber wie?!

Gleich im Anschluss an den Hausbesuch bei Sue ging ich rüber in den ersten Bezirk zu einem Wochenbettbesuch. Ich hatte noch Zeit und wollte ein wenig im historischen Stadtkern herumschlendern, auch um den Ärger über die heftige Aussage des „Heilers" auszulüften. Ich muss in Gedanken gewesen sein, denn plötzlich fand ich mich in einer kleinen, engen Gasse wieder, die ich nicht wirklich kannte. Das Fehlen von Autos, die alten, nicht modernisierten Fassaden, die schmiedeeisernen geschwungenen Poller, die dem Festmachen von Pferden vor langer Zeit gedient hatten, und das Geschäft mit der Holztafel versetzten mich in eine andere Epoche. Ich spürte das alte Wien und dachte mir, als Trost, es habe damals sicher auch schon nervige Heiler gegeben, mit denen man sich rumschlagen musste.

Das Geschäft machte mich neugierig. Als ich mich näherte, sah ich, dass es eine Buchhandlung war. Große Fenster mit grünen Holzläden rahmten den Blick für die feilgebotenen Gaben. Ich zögerte nicht und betrat den Laden. Es roch herrlich nach altem Papier, Staub, der sich im orientalischen Teppich gesammelt hatte, und einem süßlich-frischen Rauch, der von einem angezündeten Kegel kam. Meine Augen streiften durch die Regale, viele Werke hatten esoterische Themen zum Inhalt.

Aus dem Nichts schien ein Mann im Dreiteiler neben mir aufgetaucht zu sein, der mich fragte, womit er dienen könne. Ich sagte ihm, ich würde mich nur umschauen. Dann musterte er mich kurz und entfernte sich wieder. Umgehend kam er zurück mit einem Stein. Dieser war rund, etwa handtellergroß, glatt und rosa-braun mit grauen Einsprengungen, die im Licht eindrucksvoll funkelten.

„Vielleicht ist dieser Stein das Richtige für Sie."

Ich wollte verneinen, was sollte ich denn damit, als ich im selben Moment eine Idee hatte und den Stein tatsächlich kaufte ...

Am nächsten Tag hatte sich Sue bei unserem Termin ein wenig gefasst, doch ich merkte, dass sie innerlich sehr fertig sein musste. Wir redeten über das Baby und ich versuchte, ihr die schönen, guten Dinge vor Augen zu führen. Die Geburt von Mick, die ein heilendes Erlebnis war und sie stark gemacht hatte, und dass es ihr in der Schwangerschaft wirklich sehr gut ging.

Sues Blick wurde immer abwesender. Also sagte ich ihr, dass ich etwas für sie habe, ein Geschenk. Ich beugte mich langsam über meine Hebammentasche, öffnete sie und entnahm eine schlichte Schachtel. Sachte legte ich ihr diese auf den Schoß. „Ich habe mit meinem spirituellen Berater gesprochen. Er hatte genau das Richtige für deine Situation. Mach' es auf!"

Zögerlich öffnete sie den Karton, entnahm einen kleinen Sack aus Samt und ließ schließlich sie den Stein auf ihre Hand gleiten.

„Das ist ein Botswana-Achat. Ein ganz spezieller Schutzstein für die Geburt. Er soll das Kind sicher und gesund auf die Welt begleiten", erklärte ich fachmännisch.

Zuerst war ich mir nicht sicher, wie Sues Reaktion darauf sein würde. Sie sah den Stein lange an, befühlte ihn und seine glatte Oberfläche, und dann kamen Tränen.

„Danke, Margarete, das ist lieb von dir. Genau das habe ich jetzt gebraucht ... Er fühlt sich sehr schön an!"

Der Bann war gebrochen, wie es schien, und schon in derselben Nacht platzte Sue die Fruchtblase. Ich kam dazu, da war sie wieder in der Badewanne und sang ein Mantra von Isabella aus dem Geburtsvorbereitungskurs. Ich machte eine erste und einzige Untersuchung, der Muttermund war im Verstreichen, die Herztöne stark und gänzlich unauffällig.

Die Hunde kotzten schon wieder ausgiebig und Alexander beeilte sich damit, sie wegzubringen. Beide Kinder schliefen ruhig im Zimmer der Eltern, das Babyphon gab kein Geräusch preis.

Kaum war Alexander weg, beschleunigten sich die Wehen. Zwanzig Minuten später war Janis geboren, ein ordentliches Bröckerl von einem Mädchen mit ihren 4.210 Gramm und 54 Zentimetern. Das entsetzte Gesicht des gerade wieder gewordenen Vaters, der die Geburt seiner Tochter verpasst hatte, ging mir unter die Haut. Aber ich hätte Sue schlecht stoppen können.

Als ich Mutter und Kind untersuchte, machte Alex schon wieder ein paar Witze: „Dafür darfst du ab jetzt einmal in der Woche das Britney-Shirt tragen und für Margarete besorge ich Christina Aguilera."

Beide waren glücklich darüber, wie unkompliziert das kleine Mädchen auf der Welt gelandet war, und kuschelten sich in dieser Nacht erschöpft und zufrieden zu ihren Jungs ins Familienbett.

Beim Abschlussbesuch sah ich den Stein, den ich Sue geschenkt hatte, am Tisch liegen. Sie bemerkte meinen Blick: „Den bekommt jetzt meine Mutter. Gegen ihre guten Ratschläge. Ich werde ihn Mach-Schwangeren-keine-Angst-Quarz nennen. Danke, Margarete für dieses wertvolle Geschenk zur richtigen Zeit. Ich meine nicht den Stein, sondern dass du bedingungslos an mich geglaubt hast. Da konnte ich nicht anders und musste auch selbst wieder an mich glauben!"

Wir umarmten uns und ich bekam eine Gänsehaut der Bewunderung für diese Frau, die ein derartig liebevoller Mensch war, trotz einer komplett verrückten Mutter und eiskalter Schwiegereltern.

Einige Monate danach klingelte mein Handy. Es war Sue und ich dachte, sie ruft vielleicht wegen eines Milchstaus an.

„Rate mal, Margarete!! Ich bin wieder schwanger! Alex und ich finden, dass die besten Bands zu viert sind. Na, bis auf Austria 3 und Freddy Mercury und, na noch ein paar andere. Aber die Fantastischen Vier, die mögen wir besonders! Dieses Mal wollen wir die Hunde vielleicht etwas früher wegbringen, du weißt ja, wieso. Übrigens, das Britney-T-Shirt kann ich schon nicht mehr sehen. Kommst du bald zum Hausbesuch?"

NACHWORT

Auf dem Weg zu den Hausgeburten hat Margarete
schon viele Stufen und Hürden gemeistert.

Wir wollen das Nachwort nutzen, um über die rechtlichen Aspekte mit ein paar Zahlen aufzuklären. Wichtig ist mir zu erwähnen, dass es immer in der eigenen Verantwortung jeder Hebamme liegt, welche Frauen sie betreut und welche nicht. Viele Kolleginnen möchten zum Beispiel keine Frauen nach einem Kaiserschnitt zu Hause begleiten, weil ihnen das Risiko für eine sogenannte Uterusruptur zu hoch ist. Das ist zu akzeptieren. Genauso, wie jede Hebamme entscheiden kann, eine Frau nicht zu betreuen, weil sie einfach nicht zusammenpassen oder das Vertrauen fehlt. Hebammen arbeiten in hohem Maße in größter Verantwortung und dürfen sich das Recht einräumen, die Frauen gut anzuschauen und dann zu entscheiden.

Da in unserem Buch auch vier sogenannte HBACs (Home Birth after Cesarean, Hausgeburt nach Kaiserschnitt) vorkommen, möchte ich kurz die rechtliche Situation in Österreich dazu erklären.

Im Österreichischen Hebammengesetz (Stand: März 2017) steht geschrieben, dass bei belastender Vorgeschichte die Hebamme eine Geburt nicht eigenverantwortlich begleiten darf. Das würde bedeuten, dass nur mit einem Arzt zusammen die Geburt zu Hause stattfinden darf. Meiner Meinung nach ist aber ein Kaiserschnitt, der gut aufgearbeitet wurde (und zusätzliche körperliche Kriterien, die stimmen müssen) keine „belastende Vorgeschichte" mehr und daher ist der „Status post Sectio" für mich nicht zwangsweise ein Ausschlusskriterium.

Ich habe eine salutophysiologische Sichweise auf Geburtshilfe und für mich sind Gesundheitszeichen, Ressourcen und eine individuelle Betreuung zentraler Bestandteil meiner Begleitung. Den Fokus allein auf den „Zustand nach Kaiserschnitt" zu legen wäre eine sehr pathologisierende Perspektive und dieser Blickwinkel ist gesundheitspolitisch ja bekannterweise kein besonders förderlicher.

Weiters steht im Österreichischen Hebammengesetz, dass jede Frau Hinzuziehungspflicht einer Hebamme zur Geburt hat. Das bedeutet, dass geplante Alleingeburten prinzipiell nicht erlaubt sind. Wenn die Hebamme allerdings zu spät zur Geburt kommt, ist es keine Alleingeburt in dem Sinn, sondern schlichtweg Pech beziehungsweise „höhere Gewalt", für die keiner was kann.

Unsere Geburt via Skype würde eine noch ungeklärte Grauzone darstellen, da sie ja nicht unbegleitet war. Die Frau hat mich hinzugezogen, ich war anwesend, wenn auch nur virtuell. In Zukunft wird sich auch dieses Modell der Geburtsbegleitung verbreiten (aufgrund von Hebammenmangel und der weiten Wege, die sich daraus ergeben) und dann ist die Frage, ob und wie man solche Fälle auch gesetzlich regelt. In manchen Ländern ist diese Form zu begleiten schon seit Jahren üblich.

Bei der überraschenden Beckenendlagengeburt zu Hause habe ich die Rettung angerufen, sobald ich gemerkt habe, dass sich das Kind in dieser Lage befindet, da ich auch in diesem Fall (in Österreich, weil hier als regelwidrige Lage definiert) „Arzthinzuziehungspflicht" habe. Dass die Rettung dann erst nach der Geburt eintraf, ist wiederum „höhere Gewalt". „Arzthinzuziehungspflicht" gilt auch für Zwillingsgeburten, die in Anwesenheit eines solchen zu Hause nicht verboten sind.

Zu meiner eigenen Statistik: In den letzten zehn Jahren, in denen ich als Hebamme praktiziert habe, habe ich meist 25 bis 30 Geburten pro Jahr betreut. Im Schnitt muss ich 10 Prozent der Frauen ins Krankenhaus verlegen, wovon etwa die Hälfte dann doch noch vaginal gebärt und die andere Hälfte einen Kaiserschnitt braucht. Das legt im Vergleich zu den Kaiserschnittraten österreichweit den Schluss nahe, dass eine angestrebte Hausgeburt offensichtlich eine sehr gesunde und sichere Form von Geburtshilfe ist. 25 bis 30 Prozent meiner Frauen haben einen Kaiserschnitt in ihrer Geschichte erlebt. Manch andere haben andere sogenannte „Risikofaktoren", die ich als Aufmerksamkeitszeichen beschreiben würde und – wenn sie gut betreut und eingestellt sind – die keine Gefahr für Mutter und Kind unter der Geburt darstellen. Die Kunst der Hebammerei ist, diese Aufmerksamkeitszeichen zu erkennen, zu deuten und richtig darauf zu reagieren.

Im März 2017 habe ich den „Margaretener Frauenpreis" in Wien bekommen. Das ist ein Preis im 5. Wiener Gemeindebezirk, der jedes Jahr zu einem Frauenthema verliehen wird. Im Jahr 2017 war er zum Thema „Frauengesundheit" ausgeschrieben und ich habe mich gemeldet. Meine Bewerbung hatte den Schwerpunkt der Hausgeburten nach Kaiserschnitt und wie Frauen mit diesem Risikostempel durch eine natürliche Geburt wieder zurück in ihre Gesundheit finden.

Mit meiner Masterarbeit, die ich an der Salzburger Fachhochschule 2015 geschrieben habe, konnte ich meine praktische Arbeit auch wissenschaftlich untermauern. Ihr Titel ist „Hausgeburt nach Kaiserschnitt – eine Diskursanalyse" und ist auf meiner Website www.zuhausegeboren.at nachzulesen.

Margarete

Gibt es sie, die superguten Tipps, die allen werdenden Hausgeburts-eltern helfen? Margarete und ich haben lange darüber geredet, über-legt. Sie aus Sicht der Betreuenden, ich aus Sicht der Betroffenen.

Doch Menschen sind sehr verschieden: Die einen wollen sich umfassend über alles informieren, besuchen Meditations- oder Hypnobirthingkurse. Die anderen verlassen sich auf ihre Urinstinkte, lehnen zu viel Bücherwälzerei ab. Dazwischen gibt es noch viele Abstufungen.

Ein wichtiger Rat, der allen helfen kann: Sucht euch eine Hebamme. So bald wie möglich! Nicht immer stimmt die Chemie mit der ersten oder zweiten. Es kann dauern, die richtige Begleitung für die Geburt zu finden.

Warum nicht schon bei Planung der Schwangerschaft anfangen, sich umzuhören? Klingt ungewöhnlich, doch immer mehr Frauen nehmen schon in dieser Phase einen ersten Kontakt zu einer Hebamme auf.

Was dabei hilft, sind Initiativen wie „Hebammen in Schulen". Das schafft früh ein Bewusstsein für diesen Beruf.

Denn, wer kennt es nicht beim ersten Kind: Da sind die Eltern meist einige Wochen ordentlich damit beschäftigt, sich über das wachsende Wun-der zu freuen. Dann schon eine Vorstellung von einem möglichen Geburts-szenario zu haben, kann beruhigen, Druck nehmen. Der Rest kommt mit der Hebamme. Mehr oder weniger Info, je nach Geschmack, doch in je-dem Fall eine Ansprechperson für alle Fragen rund um Schwangerschaft, Geburt und Baby.

Judith

UND NUN?

Natürlich sind die vielen schönen Geschichten rund um
die von Hebamme Margarete betreuten Hausgeburten
noch lange nicht fertig erzählt. Fortsetzung folgt!

Weitere geburtshilfliche Titel der edition riedenburg

Ute Taschner • Kathrin Scheck
Meine Wunschgeburt
Selbstbestimmt gebären
nach Kaiserschnitt

Caroline Oblasser • Gudrun Wesp (Fotos)
**Der Kaiserschnitt hat
kein Gesicht**
Fotobuch und Erfahrungsschatz

Martina Eirich • Caroline Oblasser
Luxus Privatgeburt
Hausgeburten in Wort und Bild

Sarah Schmid
Alleingeburt
Schwangerschaft und
Geburt in Eigenregie

Im Buchhandel und auf editionriedenburg.at

Hebamme Anna-Maria Held
Die Hebammenschülerin
Witziges und Lehrreiches über den
Alltag in der Hebammenschule

Hebamme Anna-Maria Held
**Der ganz normale
Hebammenwahnsinn**
Neuntklässlern Gebären erklärt

Hebamme Anna-Maria Held
Hebammenpraxis to go
Locker das Wesentliche für alle
Schwangeren und Wöchnerinnen

Hebamme Anna-Maria Held
Hebamme Backstage
Antworten auf die spannende Frage:
Was tut eine Hebamme privat?

Im Buchhandel und auf editionriedenburg.at

Regina Masaracchia • Ute Taschner
Mamas Bauch wird kugelrund
Das Kindersachbuch zum Thema
Aufklärung, Sex, Zeugung
und Schwangerschaft

Caroline Oblasser • Regina Masaracchia
Mama und der Kaiserschnitt
Das Kindersachbuch zum
Thema Kaiserschnitt,
nächste Schwangerschaft
und natürliche Geburt

Caroline Oblasser • Regina Masaracchia
**Das große Storchenmalbuch
mit Hebamme Maja**
Das Kindersachbuch & Malbuch
zum Thema Aufklärung,
Schwangerschaft, Geburt und Baby

Anna Groß-Alpers • Sigrun Eder
Wie war es in Mamas Bauch?
Das Bilder-Erzählbuch für alle
kleinen und großen Leute, die
auf Zeitreise gehen wollen

Im Buchhandel und auf editionriedenburg.at

www.ingramcontent.com/pod-product-compliance
Lightning Source LLC
Chambersburg PA
CBHW020233030726
47497CB00009B/3067